# ティラノサウルスから小鳥へ

がんになって人生を変えた
ヒサヨ母ちゃんの再生

清水ヒサヨ
SHIMIZU HISAYO

幻冬舎 MC

# ティラノサウルスから小鳥へ

～がんになって人生を変えたヒサヨ母ちゃんの再生～

# はじめに

今、日本では2人に1人ががんになる時代。そのうち、3人に1人が亡くなるといわれている。しかし、誰もが自分には関係ないと思って生きていることだろう。

10年前、私は乳がんになった。

ステージ2B、リンパ節への転移もあるということで医師からは有無を言わさず、右胸の全摘手術を言い渡された。

自分ががんになることも、死を身近に感じることも突然やってきた。

当時、まだ子どもたちは中学1年と高校1年、親の手を離れる年頃とはいえ、

母親を失ってしまう⁉　そんなこと想像もしていない⁉

いいえ、私の場合、本当は心のどこかで死を意識していた。がんの告知を受ける前年、私は突然死の危険を憂慮して遺書を書いていた。

その頃のストレスフルな生活が体にかなりなダメージを与えていたのは、何となくわかっていた。当時、私のお財布から出ていくお金のほとんどは、病院の医療費、鍼やマッサージの治療費、薬代、サプリメント代だった。何せ、某ドラッグストアのポイントで年に一度は有名レストランのランチペア券がもらえるほど。

ある日突然死んでしまうかも……、そんな危なげな生き方をしていた。

親との確執や、若かりし頃の恋人との別れ、過去の出来事を人はトラウマとして心の奥にしまい込む。それが自分への思い込みとなって自分を苦しめていく。

それは特別なことでは決してない。

誰にも起こりがちな日常だ。

PTAの役員のストレス、子どもの反抗期、いじめや不登校問題、パートの職場でのストレス、嫁姑問題、母親との確執……、そんな日々の中、私は毎日毎日イライラのし通しで、ストレス発散は唯一暴飲暴食だった。

そして、その生活を続けた先にどんな結果があるかを考える余裕なんて、1ミリもなかった。

ただただ、毎日を必死に生きていただけ……。


今ならわかる。

私はたった一つとっても大事なことを忘れて生きていた。

自分が本当はどうしたいのか⁉

自分はどう生きていきたいのか⁉
それはなぜなのか？

嫁として、母として、妻として、いつもこうしなければいけない、こうしたいでなく、誰かに求められる役割を演じることにのみ必死だった。
そう、自分を失って生きていた。
そのことを、がんが教えてくれた。

ときとしてがんなどの大病や事故は、実は自分に気づきを与えてくれるメッセージとしてやってくる。

このことがわかり始めると、たくさんの現実が変わっていった。

自分をずっと否定して生きてきたこと、親に棄てられたと思って生きていた自分、実の親を愛せずに生きてきたこと、両親を許せなかった自分。

ありのままの子どもたちを受け入れることができず、不満がいつも心の中で燻《くすぶ》っていた自分、未来に希望なんて持てなかった自分、表面だけをいつも取り繕って上手くこなそうとするけれど、いつも空回り。

自分を愛せなければ、人を本当に愛することなんてできない。頭ではわかっていてもそのことが腑に落ちていなかった。

命と向き合ったあの日。

夫が本気で死なないでくれと私にしがみついて泣いたあのときから、何かが音を立てて崩れ、それと同時に新しい何かが動き始めた。

今は、好きなことしかしない。

最近、私のお財布からの出費はほとんどが自己投資。勉強代、本代、セミナー代、そして楽しい仲間たちとの交際費。

傍から見ればやりたいように生きていると見えるだろう。でも、外側の目なんて関係ない。


だって自分の人生の主人公は自分自身!!

誰にも代わってもらうことなんてできない。

死ぬとき、やった〜〜〜生き切ったぞ!

そう思うためにも、自分がどう生きたいかが一番大切。

自分が本当に輝いてやりたいことを求めて、キラキラして元気に生き始めると、周囲も変わり始める。信じられない不思議なことがたくさん起こり始めて……、まるでオセロゲームのように黒から白へひっくり返っていく。

悲しみが喜びに、不幸が幸せに、泣き顔が笑顔に、苦悩が楽しみに。

今は母とも仲良しだ。亡くなった父の遺影に感謝しながら毎朝話しかけて、花を飾り、お水とお線香を手向けている。そしてかつていがみ合って対立していた姑がこの世を去るとき、一番泣いていたのは私だった。

子どもたちは自分たちの夢を探し、追いかけている。

夫と一緒にバンドで歌う夢も叶えた。

夫の畑の作物まで元気になった。

そして、私はがんになる前よりも元気な体を手に入れた。好きなことでお金をいただけるようにもなってきている。また長年の夢だった本の出版もこの度叶えることができた。

毎日、「あ〜〜〜幸せ♪」って思える時間がたくさん、たくさんできた。

『ティラノサウルスから小鳥へ』というタイトルは、私自身のこと。その謎ときは、本書をお読みいただければ少しずつ明らかになるはず。なぜ私がティラノサウルスから小鳥へ、どうやって変わっていったのかを感じ取っていただけたら著者としてこれ以上の喜びはない。

でもこのミラクルは、実は誰にだって起きてしまうこと。ほんの少し考え方を変えて、いろいろな思いを手放した先に、思いもつかない幸せが待っているかもしれない。

医者にかかったとしても、かからなかったとしても。治療を受けたとしても受けなかったとしても。あなたの心が本気で生きることを望まなければ免疫は動かない。

ただ、残念なことに、この方法を使ったとしても何割かの人が亡くなっていくのも事実である。そこに潜在意識と顕在意識の不思議な関係が存在する。

この方法は私にとって、そして私のクライアントさんにとっても有効だったことを明記しておく。

あなたが人生に対する思い込みを手放したとき、あなたの人生も変わるかもしれない。

次に気づきが訪れるのはあなたかもしれない。

私のおとぎ話へようこそ！

# 目次

第一章

# 私にがんがやってきた!?

2015年3月〜6月

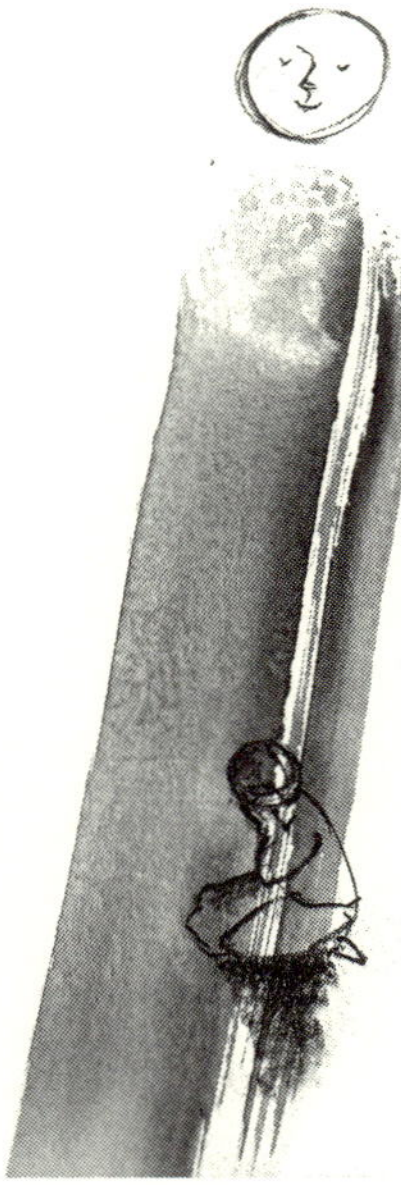

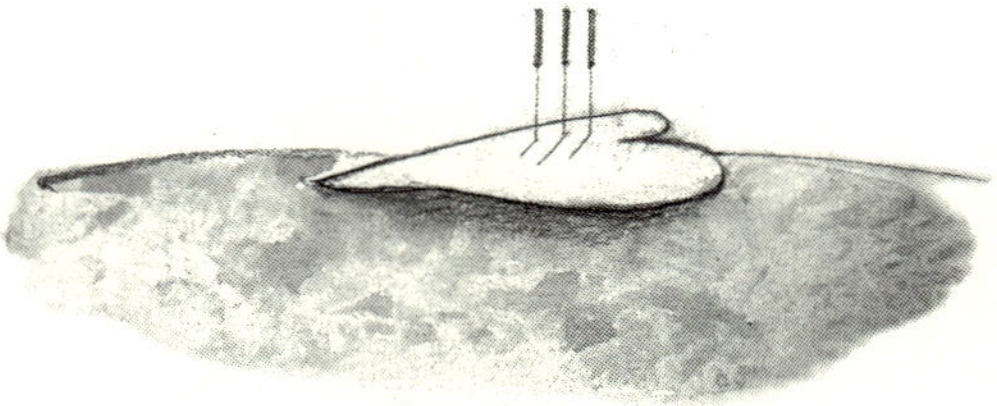

テレビの放送が聞こえている。

その音を聞きながら鍼灸師の叔父の手が器用に次々と私の体に鍼を打っていく。

目が不自由だとは感じさせない見事な手さばき。ポイントのツボにぶち当たると、何とも言えない感覚が私を包み込んでいく。

「うわ〜〜〜〜」

「おっと、痛かったか?」

「いや〜〜〜、響いた〜〜〜」

「そっかあ、でも体が随分悲鳴上げてるぞ」

「まあ、しょうがないよ、あとちょっとでＰＴＡの副会長の任期も終わるし、そしたら楽になると思うから」

「ああ、でもな～～週に1回打っても2、3日しか効かないんじゃ、お前病院行ったほうがいいぞ!!」

「来月の総会が終わるまでは、病院どころじゃないから」

そう言って、病院を後回しにし続けていた。

体の不調は、前の年から断続的に続いていた。

疲労感が抜けず、体の節々にある痛み、そしてずっと背中に痛みを感じていた。サプリメントを飲んでも、薬を飲んでも眠れない。体は、ボロボロに疲れているのに、布団に入っても頭だけがはっきりしていて、そのまま朝を迎えることが、もう何か月も続いている。ふっと、うたた寝することはあっても、夜眠ることができない。

急に胸の痛みを感じたり、下剤を飲まなければ便通もまともにない、最悪な体調だった。

初めの頃は、鍼治療で眠れるようになっていたが、鍼を打っても気休めにしか感じなくなっていた頃、夫の叔父である鍼灸師に病院へ行くことを勧められたが、私は行かなかった。


ＰＴＡの副会長になって、もうすぐ2年の任期が終わろうとしていた春だった。当時、子どもたちがお世話になっていた小学校は、代々会長職を男性が務め、女性が副会長を務める形が継承されていた。男性は大抵自営業の方が会長を務めていた。そのため、実務の多くを副会長がこなしていかなければならなかった。

子どもが幼稚園の頃から、夫の仕事である農家の手伝いや配達をしながらの子育てだったため、役員が回ってくることが多かった。このときも断れない状況で、ＰＴＡ役員になった。

次男の通う学校は創立１００年以上の市内で一番古く大きな小学校で、夫も夫の父親も卒業した母校。

どれほど人間関係に苦慮しようが、任期の2年が終わるまでは、逃げ出すことはできなかった。

逃げられない現実、そこに来て元来女性同士の人間関係構築が苦手だった私にとって、数十人のママさん役員を束ねる副会長の任は、思っていたよりも過酷な重圧だった。

その頃、長男はというと、不登校に始まり反抗期まっただ中でもあった。軽度発達障害を患っていた長男にとって、集団生活は苦行に近いものだった。

小学校４年の頃から仲の良かった友達からいじめを受けるようになった。初めは小学校1年生から所属していた小学校内の野球チーム内から始まり、そのいじめが学校内に拡大していった。担任の先生や教頭先生を交えて何度も話し合いを行ったが、小学校6年の修学旅行から帰るなり、彼は絶対に学校に行かないと言い出した。

「お母さん、僕に死ねって言う人がいるところに行けって言うの？」

長男にそう言われたとき、私は腹をくくるしかなかった。夫と何度も話し合った。そして私たちは彼に提案した。

「学校に行かずに、お家にいるのはお父さんもお母さんもいいと思わない。だから、学校に行かないなら、お父さんと一緒に毎日畑に出るか、不登校の児童が行く支援学級に行くかどちらかにしてほしい」と……。

すると彼は、自転車で20分以上かかる支援学級に毎日通うことを決めた。

小学校の卒業式も中学校の卒業式も同級生と一緒にではなく、校長室で卒業証書を受け取った。

高校は支援学級の先生の勧めで、ほとんどの生徒が不登校経験アリというサポート校に進学できた。

普通のクラスより人数が少なく、担任が2人体制のその学校に行くようになって、長男はようやく学校生活を楽しめるようになったようだった。

しかし家では、反抗期の長男とイライラマシーンの私は常に一触即発の状況。私よりはるかにでかくなってしまった長男に、

「殴るぞ、こら〜」

と威嚇されたこともあったが、元来気の強い性格の私は、ひるむことなく、

「はあ？　親に手を上げる気か⁉　やれるもんならやってみろ‼」

と威嚇し返す。すると、長男は部屋に閉じこもる。根は優しい長男。引きこもりではなかったが、毎日心配の種は尽きなかった。

私のイライラはいつもＭＡＸで、煮えたぎった油に誰が水を差すのか⁉　と、家族は常に戦々恐々としていた。私のイライラが高じてモノを壁に投げつけ、家

の壁に穴が空いたこともあった。

家庭の雰囲気はすべて私のご機嫌に左右されていた。地雷原が埋まってる場所をそっと歩く息子たちと夫。母の足音の音色の変化にさえも敏感になり、耳を傾け、その機嫌を窺っていた。

今日は、火を噴く怪獣か？　それとも優しい顔をした母親モードか？

その見極めが、彼らのその日の命運を決めた。

ところで、我が家の夫は有機無農薬で野菜を作っているのだが、3・11を境に野菜の配達が減ってしまったため、私は外に仕事に出ることを余儀なくされて、派遣で働いていた。外で働くのと家業の手伝いでは全くストレスの度合いが違う。

パートでのストレス、仕事とPTA役員の両立の厳しさ、ママさん役員との人間関係、長男の発達障害と不登校、悩みには事欠かない日々だった。そして、睡眠時間も減っていった。

いつも出かけてばかりの私に、当時風当たりの強かった姑。

「また、どっか行くのかい？」

その言葉だけで私がキレる理由は充分。サンドバッグの役目は夫だった。

また自分の実の母親からかかってくる、要求の多い電話。

「全く1人娘なのに嫁になんか行っちゃって、ほんとあんたは育て損よ!!」

母のきつい言葉に不機嫌ＭＡＸの私は、電話を切ると家族に嵐はおろかハリケーンレベルの心的被害を与えていた。


自分をケアする余裕を全く持たず、ストレスフルな日々を過ごしていた。

脈が急に弱くなったり、急に動悸がして胸が痛くなったとき、妙な胸騒ぎを感じて遺書を書いたほど、私は疲れ切っていた。自律神経がやられ、免疫力は低下し、家族の誰かがインフルエンザなどで体調を崩すと、その人以上に具合が悪くなった。しかし、熱があっても、具合が悪くても、やらなければいけないことはいつも山積みだった。

唯一のストレス発散は、食べることと飲むこと!

お酒の好きな私は、仕事帰りに美味しそうなつまみとワインを買って、家路につくことがほとんどだった。少しでも時間ができると、行列のできるラーメン屋に夫婦で行ったりしていた。太ることへの抵抗も大きく、よくやっていたことはご飯を抜くこと。ご飯の代わりにケーキ、パン、ピザ、パスタ、これらはワインのアテに最高だった。ご飯は抜いても、スイーツやお酒は抜くことができなかった。

家に新鮮採れ立て野菜がたっぷりあるのに、それらの収穫し立ての野菜たちが食卓を飾ることはほとんどなく、出来合いのおかずばかりが並んだ。もともと料理をするのは好きだったが、当時の私がキッチンに立つのは週に一度が関の山。それも、ご飯と味噌汁と野菜炒めを作るくらいが精一杯だった。また調味料にもよく砂糖を使っていた。三温糖ならよいだろうと思って……、冷たいモノも大好きで、冬でも冷凍庫にアイスクリームが入っていた。

栄養なんて考えていない、足らなければサプリで補充。

下剤を飲まないと便通はない、そんな日々がもう何年前からだったか忘れてしまうほど続いていた。下剤や浣腸とはお友達！　ビタミン剤や痩せる薬もよく飲んでいた。

何せ外で働いていたお金のほとんどが、食費や自分の医療費、サプリ代、薬代に消えていたのだ。

おかげで、ドラッグストアのポイントが貯まる、貯まる!!

年に一度は、ポイントで美味しいレストランのランチにありつけた。

そんな体を酷使しまくる日々の中で、私の体が悲鳴を上げるのは当然だった。

やっとの思いで、総会を終え、ＰＴＡのメンバーと打ち上げを終えた。敵対していた人とも和解ができた。楽しい飲み会だった。

ホッとした矢先、ゴールデンウイーク中、お風呂で久しぶりに体をマッサージしていると、胸に異変を覚えた。

「あれ？　何だこれ!?」

明らかに胸に不自然なしこりがある。

夫を呼んで触ってもらうと、彼も異変に気づいたようで、

「病院行ったほうがいいよ!!　連休明けたら勝海さんに行ってこいよ！」

勝海さんとは、我が家の駆け込み寺のごときお医者さん、専門は外科でありながら、どんな病気でも診てくれるホームドクターだ。

長男が熱湯を被って大火傷したときも、大晦日の前日から、お正月にかけて

毎日手厚く診察してくれた先生。子どもが熱を出したとき、インフルエンザのとき、いつもお世話になっていた。特に長男は、発達障害のため痛みの感覚が強く、注射が大の苦手で、いつも先生や看護師さんを手こずらせていた。

連休明け、すぐに受診しに行くと、その日のうちに先生は地元の大きな病院に紹介状を書いてくれて、私の手を取って強く握るとこう言った。

「絶対というわけじゃありませんが、がんの可能性が高いです。すぐに国立病院で精密検査を受けてください」

「えっ⁉」

「心配いりませんよ、国立病院のT先生は僕が信頼している先生です。大丈夫ですから」

いつもとは違う先生の対応に違和感を覚え、何だか人ごとのように感じつつも、そのままその日の午後国立病院に向かい、検査を受けた。

ＰＴＡの役員も終わり、長男は発達障害を抱えながらも彼にとって最善の高校に入ることができ、次男も中学生になって、子育ても一段落。やっと自分の好きなことに打ち込める。そう思った矢先の出来事だった。

午後病院に行き、血液検査、エコー検査、レントゲンなどを行った。

検査の結果はその日のうちにある程度明らかになった。

乳がんの可能性が極めて高い。改めて精密検査をするので再来院が必要と言い渡された。

次の検査の日まで、そしてその結果が出るまで、筆舌に尽くしがたい心地だった。

乳がんの本を買いあさっては、読みふけり、ネットでも検索しまくった。この先自分に何が起こるのか？

不安と恐れでいっぱいになりながら……。

胸をこれでもかというくらい押しつぶしたところにX線をかけて調べるマンモグラフィーや、ＣＴ検査、骨シンチなど行ったところ、乳がんステージ２Ｂ、リンパ節への転移の可能性も高いとの診断だった。今まで他人事でしかなかった、がん、抗がん剤、ホルモン療法、放射線療法という言葉を急に目の前に突きつけられた。医師の言葉が妙に遠くで聞こえていた。

乳房の摘出を言い渡されたとき、私は抗った。

「胸を取らないとだめなんですか？　部分摘出とかは？」

そう質問する私に、担当医はけんもほろろに、

「無理ですね。あなたの場合は、全摘しないと死にますよ」と……。

あれよ、あれよという間に私の右乳房の摘出手術の日が決まった。

このとき、私は夫の前でも家族の前でもほとんど涙を見せなかった。

ただ1人で車を走らせながら、声を上げて泣いた。

「PTAであれだけ頑張って、ご褒美がもらえるって思ってたのに……、がんがご褒美なの!?　私は何のために生きてきたの!?　何で胸を取られなきゃいけないの!?」

そんな中、入院2日前、夫の一言が私たちの人生の舵を大きく切った。

「がんを消した人に会いに行こう!!」

がんを消す!?

そんなこと、奇跡の話として小耳に挟んだことはあったかもしれないが、本当に身近にそんな人がいるなんて思いもしなかった。

夫は有機野菜をたくさんのご家庭に届けてきた。その中で、末期がんだったお客様や、身近にいたがんの方々を通して、がんが医師や食だけでは治せないことを理解していた。そんなとき、夫の有機野菜を取引してくれている自然食品店「こくさいや」の店長の紹介で、私と夫は、がんを消したというある男性のお宅を訪ねることになった。

60代の彼は穏やかな笑顔で、自宅に私たちを招き入れてくださった。

会社の経営をされているW氏のご自宅には、玄関口にバラのアーチがあった。立派な玄関を通り重厚な応接間に案内していただいた。

そこで私と夫は、W氏の闘病体験を伺うこととなる。多忙を極める中で、気づいたときには前立腺がんステージ2B。そこから、がんに与えられた、己と向き合う日々が始まった。

部下を同じ前立腺がんで亡くしたばかりだったW氏。奥様との二人三脚での闘病。

外出されていた美人の奥様を写真で紹介しながら、照れ笑いをして、

「昔はね、家内と仲良くなかったんだが、がんになって僕もいろいろ変わってね、今では家内とはラブラブだよ」

と優しい笑顔で話してくださった。

初めに私がW氏に聞かれたことは、

「あなたは、なぜ自分ががんになったかわかりますか？」

だった。

そう、なぜその病を引き起こしたのか。がんという病は、正常だった自分の細胞が、がん化してしまい、それがどんどん大きくなって体に負担を与え、死に導く病といわれる。

がんになる前の自分の生活、どうして正常な細胞ががん化してしまったのか、向き合うのはそこからだった。

私の場合、発病する前2年間の生活の激変、ＰＴＡと仕事と長男の不登校問題、そして食生活の乱れがすぐに頭をよぎった。それと同時に、自分の中にあるもっと大きくて根深い問題点も、当時漠然と理解していた。

W氏から勧められた、医者に頼らず、抗がん剤やホルモン療法、放射線を受けずに食と手当と心を変えることで、がんを克服する方法は目からうろこモノだった。

W氏は、１年間仕事を最低限に減らし、体の回復に専念された。

がんの研究所であるＮＰＯ法人を紹介してくださり、手当法のいろいろな器具なども見せてくださりながら説明を受けた。

がんに打ち勝つためにW氏がされたこと。

①甘いものは一切取らない、ジュースももちろんダメ（砂糖はがんの餌）。

②野菜と玄米中心の食生活とし、動物性タンパク質、乳製品、卵は取らない（動

物性タンパク質はがんにエネルギーを補充する）。

③体を冷やさない（がんは冷えた体が好き）、冷たいモノは食べない、飲まない。

体を温める手当をする（半身浴・全身生姜罨法《あんぽう》・手足温浴・びわ葉温灸・こんにゃくシップなど）。

④ストレスを溜めず、笑顔で暮らす。

⑤心穏やかな生活をする。

⑥食事はよく噛んで食べる、特に消化器系のがんの方は100回噛む。

⑦早寝早起き、10時に寝て朝5時に起きる。

⑧1日1万歩歩く。

⑨医師に頼らない！　切る焼く盛る（手術、放射線療法、抗がん剤、ホルモン療法）はしない！

⑩がんについて学ぶ。

⑪自分が源、自分のことは自分で責任を取り、自分で治すと決めて、自分はがんを消せると信じる!!
⑫がんは自分に気づきをくれたプレゼントだと思えるようになる。

自分を変える!! 本気で自分に取り組む!! それができなければ、がんは再発、転移という形で、何度でもやってくる。

W氏の家をあとにしたとき、私と夫は、がんへの向き合い方を決めていた。

W氏は、手術を受けることなくがんを消した。

でも当時の私は、自分もがんを克服できるとはどうしても思えなかった。

「いいんじゃない？ 自分がやれると思うところから始めてみたら」

車を運転しながら話す夫の横顔を見つめながら、私は自分の方向性を決めていた。

「手術は受けよう！　でもそのあとは一切の治療はしない!!　自分で治す！！！」

帰宅してすぐにW氏から紹介されたがんについての本をインターネットで発注し、入院の準備をした。

入院前夜、お風呂に入って全身をいつもより念入りに洗いながら、鏡に映る自分の裸を見つめた。

50歳を迎えたばかりの私の体は、まだそれほど線も崩れておらず、自分で言うのも何だが、綺麗な体をしていた。しかし、今度このお風呂場で目にする私の体は確実に変わってしまう。片方の乳房を失う。なくなる右の乳房に優しく触れながら、

「ごめんね、今までありがとう」

と呟いた。ほんの少し泣いた。

第二章

# 手術と医師と女優の私

2015年6月〜

入院に際して、病院で出る食事について、動物性タンパク質、乳製品の卵はアレルギーがあるので、と病院側に話して口にするのをやめた。砂糖の入っていそうなお菓子やデザートも食べないと決めた。

そして、ネット販売で注文し、持ち込んだがんの本を読みあさった。

入院してすぐ、手術前に研究所に連絡して入会手続きを取った。

電話で現状を話し、食事と心でがんを克服していきたいと伝えると、対応してくれた当時の副代表が、

「お医者さんとは喧嘩にならないように、上手く離れられるとよいですね、必ず、治療を強く勧めてきますから」

「どうしたらよいでしょう、今入院中だし、明日手術だし……」

「術後、今後の治療方針の話し合いになったとき、女優になることをお勧めします」

「女優!?」

「例えば、私抗がん剤の副作用が怖いですって言って、その場で泣いて見せるといいですよ」

「なるほど～～～～」

そんなアドバイスをいただきつつ、私の方針はほぼ決まっていた。

担当の先生は良い先生だったので、この段階では少し迷いもあったが、この迷いが一気に吹っ切れる事件が手術後に起こった。

手術後、私は恐ろしいほどの激痛で目を覚ました。あり得ないような痛み……。

「先生、凄く痛いんですけど……」

「あ〜〜〜、痛み止めね、病棟に行ったら入れるから」

「へっ⁉　ここはどこ？」

「今？　手術室、これから病棟に上がるから」

まじか〜〜〜〜。

痛かった‼　切られるっていうのはこんなに痛いのか⁉　出産の痛みどころではなかった。声が出てしまう。

「痛い〜〜〜〜」

私は手術室から病棟に運ばれる間中、叫んでいた。

私は、きっと前世で誰かを切ったに違いない。刀で切ったのだろうか⁉

だから今切られる痛みを〜〜〜〜。

今の私なら、よかったよかった、これで一つ悪因が解消される、ついてると言えるかもしれないが、そのときの私は、痛みで叫ぶだけだった。何せ、のたうち回りたくとも、体中に管が付いていて、動くこともできないのだった。

あまりの雄叫びの凄さに、病棟に運ばれた途端、待っていた仲良しの叔母が
「ヒサヨ！　どうしたの!!」

と言って病室に飛び込んできたほどだった。

病棟に入って、痛み止めの点滴を入れてもらったが、覚醒し切った私の体は、少々の痛み止めではびくともしない!!

「先生、まだ痛いですけど、全然楽になりませんけど……」

と訴えると、

「あ～～～そうだよね～～、覚醒しちゃってるからね～～。じゃあもうちょっと強いの入れようか、この点滴終わったらね」

おい!!　途中で替えられないのかい！！！

残りの痛み止めがなくなるまで、うなりながら点滴を見つめていた。

さすがに強い痛み止めにしてもらったあとは意識を失い、気がつくと朝になっていた。

意識が遠のく中で、私は「やっぱり医療は怖い‼」そう思っていた。

朝になると、痛みは随分楽になっていた。

それまでの私は、歯医者のちょっとした痛みにも弱音を吐くほど、痛みに弱かったが、ＭＡＸの痛みを味わったおかげで、その後の痛みはほとんど楽に感じていた。

同じように手術を受けた同室のがん患者が痛みを訴えて、痛み止めを飲んでいた中で、私は寝る前に痛み止めをもらうぐらいで、日中は飲まずに過ごせるほどだった。

痛み止めを飲まない私は、治りも早いのか非常に元気だった。

何せ手術の明くる日に、歩いて1階にあるコンビニに行ってしまい、そこで貧血を起こして、看護師さんにこっぴどく叱られた。

「何を考えているんですか!! 手術した次の日にコンビニに行くなんてもってのほかですよ!!」

車椅子で病室に運ばれるまで、こんこんとお説教された。

貧血を起こした翌日、術後2日目から私は病棟を歩き始めた。

病人になりたくなかった。

1日1万歩への助走。看護師さんも怒らなくなった。あきらめたのか、

「先生の了解が出るまで、病棟のフロアだけですよ！ 歩いていいのは！」

と笑って言ってくれた。

数日後、点滴が外れ、担当医の了解が出ると、すぐに毎朝早起きして、食事

前に1時間。

病院の庭を歩き回った。携帯の音声情報サイトでＥＸＩＬＥの『もっと強く』を何度も聴きながら。イヤホンから流れてくるその曲は、そのときの私の気持ちをそのまま代弁してくれているような、私の応援歌だった。

私は同室の患者の中では、ダントツで元気だった。

「あなたと話していると、元気になるわ」

そう言ってくれる同室の乳がん仲間や看護師さんもいた。

入院中、病気にのまれてしまう人、病気と上手く付き合っている人、私のように闘志満々の者、いろいろな患者さんがいた。

中には、再発転移を繰り返し、もうメスを入れていない内臓は2か所だけと笑う方もいた。

20回もの再発、転移を繰り返したその方は、

「あ～～やっと病院食から解放!!　帰りに中華料理店でビール飲んで帰るの!!」

と笑って退院していった。

手術がつらすぎた私は、こんな思い一度でたくさん!!　そう思っていた。

中学１年生の次男がお見舞いにやってきたとき、抗がん剤治療を受けているがん患者さんと出くわした。彼女は、髪の毛も眉毛も抗がん剤の副作用でない状態だった。次男は驚いた様子で、私の顔を見つめると、不安げに私の髪の毛をなで始めた。私は次男に言った。

「大丈夫、母さんは、抗がん剤治療をしないから、髪の毛はなくならないからね」

私が笑顔を見せて小声でそう話すと、次男はホッとしたような顔を見せた。

私は、心の中で誓っていた。もう二度と手術はしない！　手術を必要としない体になる。

薬も手術も必要としない体を手に入れる!!　そう、誓った。

退院後の診察で、今後の治療方針を決める日がやってきた。

私は、研究所の副代表に教えられた通り、女優になった。

ホルモン療法の説明をする医師に、

「先生、私ホルモン療法はやりたくないです」

と言うと、医師は当然驚いた顔をして、

「はい？　何を言っているのですか!!　やらなければ再発や転移の恐れがあるのですよ!!　あなた死にたいのですか？」

私はしっかりと目に涙を浮かべながら、

「だって先生、ホルモン療法はうつになる副作用があるって聞きました」

「うつぐらいなんです!!　死んでしまうよりいいでしょ!!」

今度は目から涙をポロポロとこぼしながら、

「先生……うつだって自殺が成功したら死んじゃいますよ‼　私、昔うつになった経験があるから怖いんです」

そう言って古いリストカットの痕を見せると、先生は何も言えなくなった。

そして、その場では治療しない方針を決めて、私は家路についた。

心の中でガッツポーズをしながら。


次の診察のとき、先生は心理カウンセラーの方を従えて私の診察に臨まれた。

そのときも、のらりくらりと笑顔でかわしながら、やはり治療も薬もすべてお断りした。

その後国立病院に行くのは、やめた。

研究所で行われている、がんについての合宿に、術後1か月経たない頃に参加した。

日常生活は、まだまだ体力的にも厳しかったが、貧血を起こしながらも合宿でがんや治療についての知識を習得していった。

合宿は、がんについての学びと、手当についての学び、心と向き合うための学びなど3回のコースだった。

一番初めの合宿は、がんが何か、治療とはどういうモノか、何を食べるべきか、など、がんに対する基本的な自助努力を学ぶ合宿だった。

玄米菜食はもちろん、甘いモノは食べない、ジュースも一切アウト、フルーツも摂らないように指示された。お酒なんてもってのほかだった。また、小麦製品もアウト!!　食べてよいのは蕎麦だけ、大好きだったチーズたっぷりのピザなんてとんでもない代物だった。

2015年６月〜

我が家の食卓から、肉卵乳製品、砂糖、小麦製品、そして大好物のお酒が消えた。

中学生と高校生の息子たちからはブーイングが出たが、夫の一言、「ママの病気を治すためだ!! お前たちも付き合え！！！」で、渋々承諾した。

まだ食卓が変わったことに２人の息子たちが納得できなかった最中、長男に事件が起こる。

# 第三章
# 長男の発病と食事療法

2015年7月〜

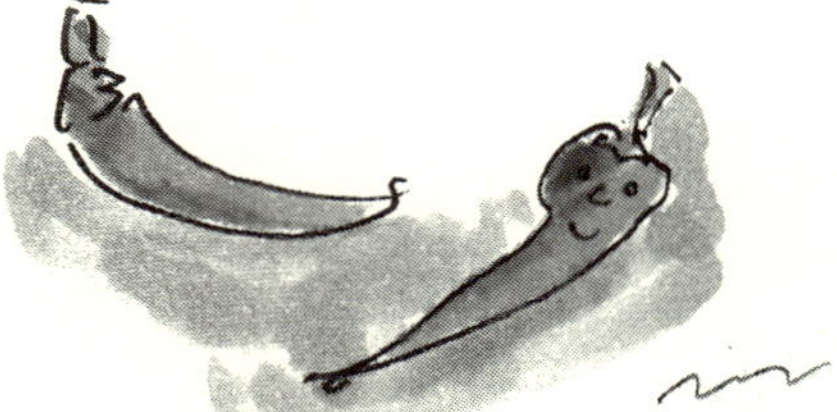

私が退院してまだ1か月しか経っていなかったときだった。私は全裸で体を温める温熱療法「全身生姜罨法《あんぽう》」を1人で行っていた。生姜の袋入り粉末を沸騰しすぎて酵素が壊れないように煮出した湯に、4重に重ねて縫った特製のタオルを浸してホットタオルを作る。そのタオルを全身に巻いてホットパックで温め、寝袋の中で温度が逃げないようにして30分体を温める方法だ。夏だったので、裸でタオルを当てていたその最中、トイレの方で大きな音が聞こえる。気になって行ってみると、長男の様子がおかしい。意識はあるのに話しかけても全く反応がない……。

するとと突然、泡を吹いて倒れ、けいれんを起こし始めた。身長185センチある長男に倒れられても私1人では動かすことも難しい。

慌てて、私は裸のまま救急車を呼ぼうとするが手が震えて119番の数字がなかなか押せない。何とか心を落ち着かせて、救急車を呼んだ。自分が裸だということに気づいて服を着て、夫にも連絡を入れた。大きな体を震わせて、血の泡を吹く息子の姿に、どうしてよいのかわからなかった。そのうち、大きないびきをかき始めた。私は生きた心地がしなかった。

救急車で私が入院していた病院に運ばれた。病院に到着してしばらくすると、長男は意識を取り戻したが、倒れる前後の記憶は一切なかった。

血の泡を吹いたのは、倒れた拍子に口の中を切ってしまったためだった。

医師の見立ては、てんかんの発作だった。

今までてんかんなどなったことがない。私が発病した1か月後に長男がてんかんを発病したのだ。

てんかんもどうやら血液がドロドロになると発病するとのことで、私に食のアドバイスをしてくれていた自然食品店の食養生の先生に、お母さんと同じ食事が長男にも必要だと言われた。

てんかんの薬も副作用が強いと思っていた私たちは、長男にも薬に頼らず、食事でコントロールする方法を選択した。ただ、数年後、元脳神経外科医だった田中佳先生とのご縁をいただき、そのアドバイスから薬を服用することになる。

当時、次男と夫はアンパンマンやマシュマロマンのごとく太っていた。

２年間、美味しいモノばかりを求めた。その乱れた食生活が家族全員の健康に影響を与えていたのだ。

それからは、必死に料理を学んだ。玄米菜食の中でも何とか我が家の男性たちが喜んでくれそうなメニューを求めて、ビーガン料理を教えてくれる教室に足を運んだ。

それと同時並行で、研究所主催のがんを治すための合宿、手当法の合宿や、心と向き合うための合宿に参加した。

手当法の合宿では、びわ葉温灸器を使ってカートリッジ式の温熱機で患部のツボに熱を入れる機械を使った手当法や、全身生姜罨法、体の冷えを取るための半身浴や手足温浴、こんにゃくシップ、大根干葉を使った温浴、里芋パスターの使い方などを学んだ。

食養生として、梅醤《うめしょう》番茶や大根湯、しいたけスープ、しじみ汁などの作り方や利用方法を教えられた。

毎日、半身浴と生姜罨法とびわ葉温灸を数時間かけて行うことが日課になった。

私自身には、玄米菜食に替えてから体の異変が起こり始めた。小麦粉製品や甘いモノを食べると湿疹が出てしまう。

食養生の先生からは、好転反応と言われたがつらかった。ひどいときは、全身に発疹が出て、かゆみもあった。患部に大根のスライスを貼るとよいと言われ、両足のつま先から膝までスライス大根を貼ってみた。すると今度は、かゆみは治まったが、冷やしすぎで寒くなってくる。かゆみで眠れない日々が続いた。

食養生の先生に、ゲルソン療法を勧められた。

ゲルソン療法とは、簡単に言うと、動物性タンパク質と塩を完全に抜く療法で、一切の塩分を取ることができず、香辛料で物足りなさを補う。また、野菜を多く取り、本来は野菜ジュースやサラダを多食する。

塩を食事から抜くことは、私にはとてもつらいことだった。体が言うことを聞かない。だるくなって動けない、気分が悪い、寒い、最悪の体調になった。

もちろんこの療法が合う人もいるのだろうが、私は、３日と耐えることができなかった。

食養生の先生に相談すると、

「あっそう！　合わないのかもね～、じゃやめようか‼」

と言われた。苦しいのを頑張っていただけに、あっさり言われたことはショックだった。しかし、誰かに言われて、自分が食べるものを決めるのはおかしいことに気づいた。

また、玄米が合わなかった私は、ずっと下痢が続いていた。便秘はしなくなったが、どうも体に力が出ない。また免疫力もいつまで経っても戻らず、発熱や膀胱炎、腎盂炎、口内炎、歯肉炎を繰り返していた。

酵素玄米も試してみた。しかし、食の楽しみが見いだせずに挫折。

術後２年目になっても、甘いモノは極力摂らないようにしてはいた。しかし、砂糖の代わりにアガベシロップやメープルシロップを使った手作りのお菓子を食べるようになっていた。

かつての食生活の名残りから抜け出すことができずに、何を食べたらよいのか迷いの中にいた。私たちは、美味しいものを知りすぎている。いくら体に野菜と玄米が良いと言われても、ラーメンやピザの美味しさを知っている。スイーツの味わいを知っている。それをいきなり、食べるなと言われても、ストレスにしかならなかった。

食べられないことに絶望を感じていた。また、玄米を食べると下痢をしてしまい、なかなか整わない腸。

玄米は１００回噛まないと消化し切れない。一口一口噛むことに意識を向けるのは、私にとって食を楽しむどころか、苦行となった。

食べることが大好きだった私にとって、パスタもパンもケーキもピザも食べることのできない玄米菜食、食事制限の日々は、つらく苦しいものになっていった。

食に対する寂しさは募るばかりだった。


私は、自分の体と向き合うことに疲れていた。それまで、こっそりとストレスが溜まるとコンビニでたばこと酎ハイを買い、１人でストレスを解放していたのだが、あるとき、タガが外れたように、自宅でお酒を飲み始めた私。

たばこを吸っていたことにもうすうす気づいていた夫に自室に連れていかれ、子どもたちのいないところで、結婚して初めて平手打ちを食らった。

「別に生きていても楽しくないし……」

とうそぶく私の手を取った夫が泣き始めた。

ただただ「お前がいないと嫌なんだよ！」「嫌なんだよ！」とだけ連呼して、夫は１時間以上私の手を握って子どものように泣き続けた。

このとき、私の中の何かが外れた。

私は、この人を残して死んでしまったら、きっと地獄に落ちる。それも飛び切りハードな地獄に……。本気でそう思った。

私は、このとき、初めて生きたいと思えたのかもしれない。


ある晩、私は恐ろしいイメージを思い浮かべてしまう本を寝しなに読んで、眠れなくなってしまう。

恐怖のイメージが私の中でうごめき、どうしても眠れない。そのうち、動悸がし始め、体に痛みも出始めた。

呼吸に意識して痛みを逃そうとしていたが、ふとお風呂に入ることを思い立つ。

夜中の3時過ぎ、お風呂に火をつけた。そして、心が軽くなりそうなお気に入りのはせくらみゆきさんの著書『原因と結果の法則を超えて』をお風呂に持ち込んで読み始めた。

気持ち良い湯船の中で、はせくらさんの優しいメッセージが私の心を癒していった。

体の痛みもすっかりなくなり、お風呂から出てベッドに戻り、眠りについたのは４時近くになっていた。

その明け方、私は不思議な夢を見た。

日にちだけはわかっているのだが、何だかわからない講演会のチラシを知らない男性に勧められる夢。あまりにも鮮明で、私は目が覚めてもその日程だけははっきり覚えていた。

ベッドから起き出し、パソコンに向かってその日付を調べるが、それらしい講演会は見当たらない。

そんな折、友人のライブで、市内に住んでいた料理教室（雑穀と野菜と甘酒を使った動物性タンパク質を使わない料理方法）のコーチと出会った。彼女の料理教室に足を運ぶと、そこに見覚えのある日付の書かれたチラシが置かれている。その日付がまさにあの明け方見た夢の講演会のチラシと一致していたのだ。

私は迷うことなく、この料理教室のセミナーに参加することを決めていた。

料理教室は、玄米菜食の毎日に辟易していた私にとって、最高の潤滑油となった。

長男はお弁当が美味しくないと言って、学校に玄米のおにぎりしか持っていかないような状態だったが、習った雑穀料理を初めて家で作ると息子たちに「明日から、玄米やめてこっちにして!!　このおかずでお弁当作って」と言われた。

雑穀料理には、パンもピザもパスタもあった。体に良いといわれるスイーツも選り取り見取り。

不思議なことに、ここのパンやピザやパスタは、食べても湿疹がほとんど出ない。どうやら、雑穀と一緒に小麦を取ることが、小麦に対するアレルギーを中和しているようだった。

ただ、疲れていたりすると、やはり小麦製品で湿疹が出ることもあった。

でも私にしてみたら、ハンバーグも餃子もミートソースもオムライスも雑穀で作れてしまうつぶつぶ料理は、まるで魔法の玉手箱!!　ワクワクしながら料理方法を学んでいった。

すると、数か月で体に変化が現れた。

がんの術後、抵抗力や免疫力をなくしたかのように、発熱したり炎症が至る所に起こったりして、びわ葉温灸や生姜罨法などの手当を毎日しないと、具合が悪くなる状態が続いていた。

それが、気がつくと手当をしなくても、発熱したり、口内炎や歯肉炎、腎盂炎になったりしない‼

しまいには、火傷などをしても、自然療法だけで数日で治ってしまう。風邪をひいたりすることもめっきりなくなって、元気になっていった。

雑穀で体から毒素を排出し、海水から作った天日塩などよい塩をしっかり摂って、玄米菜食で使うメープルシロップやアガベシュガーなどの甘味料も一切やめる。発酵食品や甘酒をしっかり摂ることで、腸内環境が整ったのだろう。

がんになる前は、下剤や浣腸がないと便を出せなかったことが嘘のように毎日快腸に。また、適度な運動が大切なことも身を持って体験できた。

３か月ほど過ぎた頃には、私の体はがんになる前よりはるかに元気になっていた。

しかし、お試しがしばらくするとやってきた。

雑穀料理を教えることのできる資格を取得中に、私の体に異変が起こる。

あれほど体調が良かったのに、30分と立っていられないような貧血に見舞われたのだ。

しばらく、手当や食事で様子を見たが、一向によくならない。

しかし、不思議なことに歌の練習、バンドでスタジオに入ったときだけは、なぜか立って歌うことができる。この頃私は、夫と共に趣味でバンドを組み、ボーカルを担当していた。

2か月近く不調が続き、私はEMショップで紹介された田中佳先生の診察を受けることにした。

普通の先生と違うタイプだから心配はいらないとだけ言われて、私は先生のもとを訪れた。

血液検査や放射線の影響を受けないように処理してあるCT検査を受けた。

診察室で田中先生に聞かれたことに答えていると、先生が言った。

「おかしいなーーー、清水さんは普通以上に体にいいもの食べているのに、この血液の数値はおかしいよねーー。こうなる前に何かストレスあったんじゃない？」

私は、はっとした。

２か月前に思い切り心当たりがあった。

つぶつぶの料理教室での人間関係に悩んでいたのだ。

「はい、ありました」

先生は
「それだね、他には考えられないよ！」

ストレスが血液の数値を悪くする？？？　このとき、先生からストレスがすべての病の元凶だと教えられた。腸を整えることで免疫がアップする。しかしこの胃腸というやつはいかんせんストレスに敏感。ちょっとしたストレスでお腹が痛くなる人がいるが、便秘の多くは腹に言葉を溜め込みやすい人がなりがち。私のパターンはもろこれだった。だからこそ、食べるモノも大事だが、心の在り方が最も体に影響するのだと教えられた。

食と心の関係に気づき、私は腸の重要性にも気づいていった。

なぜ私は、あんなにも便秘していたのか、20代の頃から、下剤が手放せなくなった理由——。

そこには、自分の考え方、モノのとらえ方の癖が大きくあったこと。また、食べ方、食が自分に与える影響。食物繊維、酢酸、排毒するために必要な腸を活性化させる発酵食品、日本ながらの漬物、身土不二、そして自分の体に相談するという意味を理解し始めた。

雑穀料理はもちろん、甘酒を仕込み、たくあんや白菜漬け、キムチを作ったり。調味料や油にもこだわった。何を食べると調子が良くなり、何を食べると調子が悪くなるのか？　すべて身を持って実験していった。

病院で食物アレルギーの検査をしたこともあった。

そこで行きついたことは、グルテンフリー（小麦粉を使わない）、シュガーフリー（白砂糖はじめ血糖値の上がるはちみつ、メープルシロップなどをできるだけ使わない）、これはすべてその人その人の体によって耐性が違うことも学習した。みんな同じではないのだ。それぞれに持ったＤＮＡや体の質が違う。お酒に酔いやすい人、アルコールの耐性がある人もいれば、ない人もいる。個々人にとって合う合わないがある。魚より少しの肉を摂った方がいい体もある。海藻が合わない体もある。人それぞれなのだ。それはその人にしかわからない。

美味しいと思えるか？　これが大切なのだが、現代人は、いろいろなものを食べすぎて、その体が本来欲しているものを見分ける力が失われてしまっている。それを取り戻すために、荒治療だが断食も必要な場合もある。しかしこれは、すべてのがん患者に勧められるかは、微妙。なぜなら、食べないことでより体調を崩してしまう危険もあるからだ。

まずは、自分の体のセンターを取り戻し、潜在意識から生きたいと思えるようになることが大切なのだ。

そして、人の体は、動物！　つまり動くモノ。なので、動くことが欠かせない。

必要以上に寝込んでしまったら、状態は良くならない。

少し元気が出てきたら歩いたり、深呼吸したり、動いたり。

雑穀と甘酒で、元気になり始め、私は体を動かし始めた。

料理の講習で、体にズレがあることに気づいた私は、まず、整体の先生のもとに通い始め、そこで自分の体を動かしながら、体のゆがみを直していく方法を学んだ。

それと同時に、呼吸するコツ、もともと呼吸も浅かったが、お腹から息を出し入れする腹式呼吸も学んでいった。

体をしっかり動かすと、排便量が増えることも気づいた。

腹式呼吸の副産物があった。もともと歌うことが好きだった。

友人のライブに行ったとき、私も観る側でなくて、ステージで歌う側になりたいと思った。腹式呼吸の練習は、バンドで歌うことにも相乗効果を及ぼすことになった。なんと、カラオケ精密採点で、80点そこそこしか出せなかった私が90点台を出せるようになっていった。もちろん、ボーカルトレーニングを受けたりという楽しい努力も行っていた。

私の体は、どんどん変わっていった。

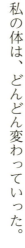

第四章

# すべての病は心が原因!?

がんになる前の私

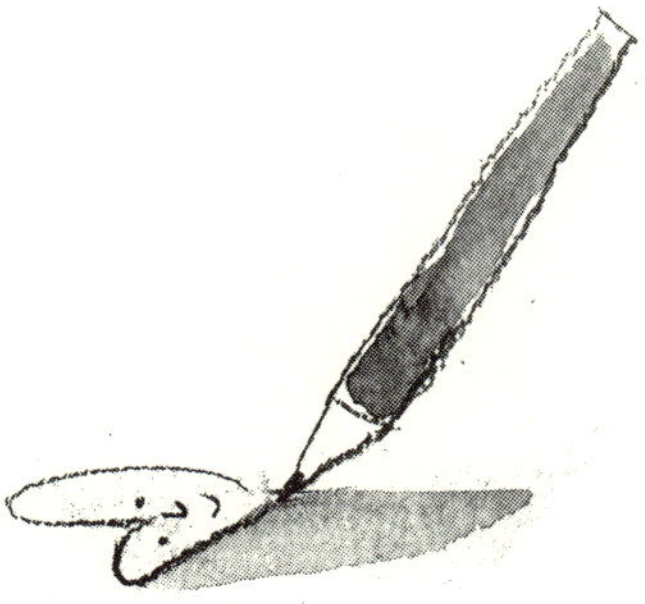

がんは、食事だけでなく、心にも関連する病だ。

心の問題の解決に一番時間がかかったように思う。

そして、今も100パーセントの確率で解決したというよりは、生きていく限り、向き合い続けていく問題のようにも思う。

研究所の心と向き合う合宿に参加した。

その合宿で忘れられないのは、エンプティチェア（空っぽの椅子）と呼ばれるカウンセリング方法だ。要は向き合った二つの椅子を用意して、片方に自分が座り、もう片方に自分の心に引っかかっている人間を想像上で座らせる。そして、そこにその人がいると思って、言いたいことを言う。次は逆の立場になって相手の立場で相手の言いたいことを自分が言う。不思議だがこれをやると、何となく相手の気持ちを理解しやすくなる。

私は自宅に帰り、1人切りの時間、誰もいない家で合宿で習得したこの方法をやってみることにした。両親をこの椅子に座らせた。母の言い分、父の言い分があたかも自分がわかっていたかのように口から出てくるのは、とても不思議だった。

父の立場になったとき、

「仕方なかったんや!!」

と関西弁で自分の口から出たのには、自分でも驚いた。

私は、ずっと父親に棄てられたと思っていたからだ。

私の両親は、私が中学1年生のときに正式離婚した。3歳の頃から別居がちで、私はパパッ子だったが、いつも父はどこか遠くにいる存在だった。小学校3年のとき、父と母はもう一度やり直し復縁した。でも、一緒にいることは彼らには最悪の結果しか招かないようだった。

母は源氏の末裔、父親は平家の落人が逃れた島の出身のためか、現代版の源平合戦のごとく、激しい罵り合い。私は、2人の喧嘩が始まると、自分の部屋にこもり窓を開けてあらん限りの声を出して大声で泣いた。すると不思議なことに必ず喧嘩が終息を迎えた。

いつの頃からか、私は死を渇望するようになった。苦しいことつらいことがあるとすぐに死にたくなってしまう。まるで、悪霊に魅入られたかのごとく、私の耳元で悪霊がささやく。「死んでしまえ！」と……。

初めての自殺未遂は、中学になったばかりの頃。学校でのいじめと、両親の喧嘩の絶えない家庭の中で、居場所を失った私は、悪霊のささやきに勝てなかった。

父のブランデーをあおって、ガス栓を開けてみた……。しかし、当時無職で思いのほか早く帰宅した父に、「何だ、こんなにガス臭くして!!」と怒られて終わった。

結婚前、ある男性との別れの中で、生きていることに疲れて、手首を切ったこともあった。

苦しくて苦しくて、新宿の占い師のところに行くと、私はそこでこう言われた。

「自分を整えるために、朝の行を行いにこの3つの寺に行き、朝のお勤めを一緒にさせてもらいなさい」

そう言って紹介された寺は、すべて日蓮宗の由緒ある寺だった。

言われた通り、寺で朝のお勤めを終えた頃から少しずつ、心の闇が晴れていくのを感じた。

そんなある日、今の夫と出会い結婚した。

この不思議な出会いは、まるでお互いに何かに操られたような出来事だった。

当時の私は、仕事を楽しんでいた。とあるロースクールの立ち上げメンバーとなり、司法試験を目指す学生たちのサポートをしながら、運営の仕事に携わっていた。休みがほとんどない日々だったが、素晴らしい上司に囲まれて、つらく感じたことはほとんどなかった。そんなある日、中学時代からの親友の誘いを受けた。

「ヒサヨちゃん、採れ立ての新鮮野菜が食べられる農家のバーベキューがあるらしいよ、たまには休み取っていかない？」

食いしん坊の私は、二つ返事で誘いに乗り、上司に休みを願い出た。

その月の他の土曜日は休みなし、という条件をのんで、私は喜び勇んでバーベキューに出かけた。はずだった……。

会場に着くと、5人以上の人が集まっていた。しかし、その広い農家では、バーベキューの準備がされている様子はない、しかもお昼には早めの集合時間。まずは収穫作業かな？　と思っていたら、なぜか畑の作業が待っていた。白い布のような不織布を畑に敷いていく、そして丸い穴のところに種まき？？？

え？　あれ？　食べる前に種まき？

そのとき何となく気づき始めた私、みんな服装が農作業っぽい服？　はて？

お昼はバーベキューでなくお弁当が支給されたあたりから、私は何かが違うことに本格的に気づき始めた。親友に
「ねえ、採れ立ての野菜でバーベキューは？」

「うん、何か違うね〜〜〜」

「え〜〜〜、何それ、1か月分の土曜休みをつぎ込んで、農家の手伝いってどういうこと???」

よくわかっていない親友、どこかで伝言ゲームが間違ったのか、結局農家の手伝いに1日が費やされることになった。

途中、このお宅の外のトイレを借りようとすると、おばさん(のちの姑)が女の子が外のトイレじゃ落ち着かないだろうからと、家の中のトイレに案内してくれた。立派な邸宅の中に大きな仏画。その仏画に魅了されながらトイレをお借りした。

バーベキューはあきらめつつも、納得いかない私は、言われた通り包丁を持って、レタスの収穫作業をふてくされながらも手伝っていた。大きな溜め息をつきながら……。

するといきなり上の方から声がする。

「おい、お前そんな刃物の使い方してっとケガすっぞ！」

上から目線のその声にイラっとした私は、つい、

「はあ？　偉そうにうるさいな〜〜、こっちとら機嫌悪いんだ、ぐずぐず言ってんじゃないよ！　刃物持ってんだからケガするよ！」と返した。

「はあ？　いい根性してんじゃねえかよ！　こっちの方が刃渡り長いんだけど」

そう言って立ったまま見せてきた彼の刃物の方が、確実にデカくて長い！負けた！　……そう思って相手の顔を見ると男性が笑って立っていた。

作業を終えて、手伝いをしたメンバーでカラオケに行った。すると、この畑の男性、めちゃくちゃ歌うまだった。そこで、彼がこの農家の跡取り長男だと知らされた。

なぜか1人だけ、彼の車で自宅に送ってもらうことになった私。車の中で話

す話題の豊富さと、オフィス街で出会う男たちとは全く違う彼の世界観に惹かれるまでに、大して時間はかからなかった。

知り合って1年足らずで私たちは結婚することになった。

仕事を辞めるのが結婚の条件だった。そのことには悩んだが、私の尊敬する上司の一言が決め手となった。

彼女は私より10歳年上の苦労人で、人生経験豊富な仕事のできる女性だった。私は彼女に誘われてロースクールのオープニングスタッフになった。私に初めて親を許すことの大切さを教えてくれた人だった。

ただ当時の私はまだまだ未熟で、親は鬼だから許せる存在ではない、と思い込んでいた。そんな私に
「お母さんを仏にできるのはあんただけだよ」

と言ってくれていた。そんな彼女が、

「どんな男なのか会わせろ!」

と言ってきた。

彼女と彼を会わせることになった。

会社の昼休みに彼と会っている先輩の反応がわかるまで、気が気ではなかった。

帰ってきて、彼女に言われた言葉は、

「多分お前の人生にあれ以上の男は出てこないわ!」

そう言い切る彼女の目には涙が浮かんでいた。

私は、大好きな先輩で上司であった彼女のもとを離れて、仕事を辞め、結婚することを決めた。


結婚してわかったことだが、彼の家は代々続く農家で、特に日蓮宗のお寺と縁が深い家だった。それを知ったとき、私は彼との出会いに導きのようなものを感じた。

私は、表面的には、明るく活発で物怖じしない性格だったが、心の奥底には深い深い闇を抱えたままだった。

結婚生活の中で、離婚することなく今までやってこられたのは、ひとえに夫の忍耐力と包容力のおかげだ。

のろけるわけでなく、本当に夫は大変だったと思う。夫が私にわがままを言うようになったのは、何せここ最近ということからも、夫がどれほど私に神経を使ってくれていたかがわかる。長年関わってきたイチゴの栽培がここ最近思いのほか大収穫になったのも、あながち私に気を使っていたことによる影響がなかったとはいえない。

私の心は不安定だった。その私の心を推し量りながら、子育てに家事に仕事に本当に心を尽くしてサポートを続けてくれた。

脂漏性湿疹がひどく夜泣きでおっぱいも上手に飲めない長男だったので、生後半年で私が育児ノイローゼになりかけたときも、私を支え、長男の面倒を見てくれた。

「俺におっぱいさえあれば、全部こなせるな〜〜」

そう言って、夫はウンチのついた布おむつも積極的に洗ってくれた。

数え上げたら切りがないほど、私の結婚後の人生は夫の支えなしには語れない。

その後私は、自分にとっては荷の重かったPTA副会長になり、同時に外で働き始めたが、そのときのストレスは彼の想像をはるかに超えるものだった。

長男の不登校や発達障害が発覚したことなどもあって、抱え切れなかった私のストレス。自分を肯定することができず、外でたくさんのストレスを抱えて帰ってくると、できない自分を否定し、家族に当たってしまう。そのあとはさらに自己否定の闇が深くなった。

悪霊のささやき「死んでしまえ」と闘いながら、私は自分のことで手一杯だった。

遺書を書いた。夜中に1人で自分を平手で何度も殴ったこともあった。壊れかけていた。

そして、がんがやってきた。

がんは、緩やかな自殺といわれている。

私は、心のどこかで死を望んでいた。そして神様に宿題を出される羽目になった。

「お前は本当に死にたいのか？」

私は、自分の心の底に棲んでいる死をささやく悪霊と、今度こそ本気で向き合わなければ、がんで命を奪われるであろうことを確信した。

なぜ私の心に悪霊が棲んでいるのか？

そこには、自分の中にある自己肯定感の欠如と、両親への大きな不信感やいら立ちがあった。自分を心から許し、愛することができない。だから子どもたちも夫も愛し切れなかった。自分を受け入れることのできない私が、他者を受け入れることなど当然できなかった。夫はそのことをわかった上で、ずっと私を支え続けてくれていた。

親の愛には恵まれなかったが、夫の愛にはあり得ないほど恵まれた。

夫の両親は、愛情深く子どもを育てる人たちだった。だから彼も愛情深い人だった。

結婚して間もない頃、姑に言われた言葉を私は決して忘れることができない。

「ヒサヨさん、旦那さんとはね、仲良くするようにするんだよ!!　一番一緒にいる人なんだから、仲が悪かったら自分がつらいんだからね。仲良くするようにするんだよ」

目からうろこが落ちるような思いだった。

そうなんだ……。夫婦は仲良くするように努力して、初めて上手くいくものなんだ!!

こんな当たり前のことに私は気づけずに生きてきた。

最初に関わった研究所というところで、私は自分のモノの捉え方、考え方の癖が原因でがんになったことを学んだ。

それと同時に、本気で自分を変えなければ、何度も何度もがんはやってくる。

がんが私に何を気づかせようとしていたのか、私は自分の心の闇とも向かい合う必要があった。

苦しくなると、いつも死を望んでしまう厭世主義的な自分。

幼い頃からの両親の不仲や離婚、母の厳しい教育のもと、私には自己肯定感がほとんど育っていない状態だった。母との関係は最悪なものだった。私は、幼い頃からずっと母が角を隠しているんだと本気で思っていた。鬼だと思っていた。

母がブティックを経営していたため、幼稚園の頃私は週末になるとよくおばあちゃんの家に預けられた。当時は、祖母の家に母の妹たちも暮らしていたため、私は叔母たちにもかわいがられた。週明け前に、叔母が私を連れて母のもとに帰る。家に置いて帰ろうとすると、私が火のついたように泣き出す。

叔母のあとを追ってしまう私を、叔母が仕方なく再び祖母の家に連れて帰ったことは、一度や二度ではなかったらしい。

「あなたは昔から姉さんになつかない子だったからね」

叔母によく言われた。

右胸にがんができる人は、母親や父親との関係に問題を抱える人が多いと学び、うなずけた。

しかし、体がつらい頃は、自分の心と向き合う余裕はなかった。

# 第五章

# 変わり始めるということ

2017年7月〜

つぶつぶ料理教室で雑穀や食の面白さに目覚め、○先生の授業に出るようになって、私は少しずつ自分のどこが間違っていたのかに気づき始める。

この頃私は、自分のストレスの元凶と向き合う決心をする。

女性の人間関係で悩むとき、必ずそこには自分の母親を彷彿とさせるタイプの女性がいた。母と向き合わない限り、母を越えない限り私の再発、転移は止められない。そう悟ることができた。

初めは、イライラしない自分作りを始めた。ちょっとのことでいちいち夫や子どもに腹を立てていたことが、自分の体の免疫力を落とすことにも気がついた。まずは、怒りのコントロールから……。

いかに腹立たしい気持ちを立て直し、平常心を取り戻すか？

そしてもう一つ、私には厄介な癖があった。反芻癖。過ぎたことをいつまでもいつまでもくよくよと悩むという特技である。平気で1か月以上悩んでいることもあった。

かつて、小学４年と1年の息子たちを連れて、英語のキャンプに行ったことがあった。

車で行ったのだが、次に捕まったら免停決まり、という状況。行きの道すがら、慣れない土地で進入禁止を見落として、お縄に……。

現地に着いても私の心は、すっかりブルーだった。いつもならムードメーカーの夫がいることで、子どもたちも楽しく過ごせるのが、今回の旅は子どもたちと私だけの３人旅。そんな中で、私の溜め息が止まらない。いつまでも、暗い顔をしている私に、少学４年生の長男が言った。

「お母さん、3分前は過去ですよ！　いつまで、そんな顔してるの？　お母さんがいつまでもそんな顔してたら、僕たちせっかくのキャンプ楽しめないよ！　いいかげんにして！」

その後、間違っても、何日も一つのことを思い出しながらずっと落ち込むなんてことはしないように心がけた。反芻する牛は、四つの胃袋を持っていて、一度食べたものを何度も出し入れしながら、咀嚼して消化していく。怒りをいつまでも反芻する私を見た夫からは、

「お前はウシか？　いつまでも反芻する癖やめたらどうだ？」

とよく言われていた。

怒りの感情が込み上げてきたら、その場を離れて、深呼吸。呼吸法を繰り返したり、ありがたいことを思い出して、数え上げたり。

例えば、子どもが腹の立つような反抗をしたら、今まではその場で怒鳴り倒していたが、それをやめて、自室に行き目を閉じて深呼吸を繰り返したり、怒りの強いときには、紙にボールペンでぐるぐる円を描きながら、

「あ～～～もう～～～、腹立つ～～～」

と言いながら、真っ黒になるまでぐるぐる書きをして、破いて燃やす。

面白くなくても笑ってみる。笑いヨガと言って、呼吸法と笑いを組み合わせたヨガインストラクターの資格も取ってみた。

この頃になると、私は少しずつ自分の怒りを上手くコントロールすることができるようになっていた。家族にいら立つことも激減し、穏やかなお母さんになっていた。

そんな私の変化を息子たちも認めてくれていた。

そんな折に不思議なことが起きた。

2018年秋、私は翌年から料理を教えられるようになるための講座を受講したいと夫に訴えた。しかしその段階で、私は料理教室にかなりの授業料をつぎ込んでいた。

いくら治療費の代わりと思って学ばせてくれと言っても、夫のお財布にも限界があった。当時まだ息子は大学生と高校生で一番お金がかかる頃だった。

夫には来年まで1年待てと言われた。

私は、どうしてもこのままのペースで教える資格を取って、前に進みたかった。

そんなとき、ふと私は姑にお金を借りることを思いついた。

がんになる前は、犬猿の仲だったが、姑との関係性も変わり始めていた。

私は、夫と一緒に母屋の両親にお金を貸してほしい旨を話しに行った。

すると、姑が言った。

「いくらいるの？」

「授業料は60万円です」

するると、姑の口から思いがけない言葉が飛び出した。

「じゃあ100万円をあなたに投資するから。返さなくていいから」

「えっ？　えーーーー」

私は耳を疑った。姑はすぐにお金を渡してくれた。

驚きと胸の高鳴りが抑えられないまま、自宅に帰ると、さらなる驚きが待っていた。

自室に戻りお金の入った封筒を見つめながら、しばらくぼーっとしていた私。ふと本棚にある『お金のお作法』という本が目に留まった。本棚に手を伸ばし、本を出した拍子に下に落としてしまった。本を拾い上げたとき、本の間から1枚の領収書が抜け落ちた。

領収書を拾った私は、夜中の12時を過ぎているということをすっかり忘れて、

「えーーーーーーー、マジーーーー!?」

と大声を上げ、家族全員を起こしてしまった。

その領収書は3か月前の新月の日に、宇宙銀行に宛てて書いたものだった。

金額100万円、何とその日付が今日、まさに今この日なのだ!!

今まで散々引き寄せの法則の本を読んでいろいろなことをしても、何の変化もなかった私に起こった奇跡! 必要なものは必要なタイミングで与えられる。

何かが変わり始めていた。

本を読んだり、心と向き合うためにつぶつぶ料理教室のO先生が教えるメンタル講座に出たりしているうちに、少しずつ母への怒りが消えていくのがわかった。それと同時に、自分への自己肯定感をどう育てていったらよいのかということ、自分で自分を愛することがようやくわかり始めた。

料理を教える資格を取りながら、母と向き合うことにも時間を使い始めた。母を理解しようとする気持ちが芽生え始めた。

ずっと逃げていた、母の借金と老後の問題にも取り組む決心をした。母の借金をすべて洗い出し、家を売りたがらない母を説得して家を売る手続きを進め、家を売ったお金で１千万円以上あった借金をすべて返済し、母の要望通りのマンションを探して、引越しと片づけを夫に手伝ってもらいながら、１人っ子の私はほとんど１人で借金問題を片づけた。その間、お金がいくら残るのか不安な母は、私を罵倒したり威嚇したり、ついにはストレスで入院……。心理的に爆発しないように母を受け入れながらの作業はかなり私にとってのストレスだった。夫は私の再発を心配するほど、数か月間で私はヘトヘトに。
そのときの私の大きな支えは、ひすいこたろうさんの本。『犬のうんちを踏んでも感動できる人の考え方』をはじめとするたくさんの著書だった。疲れて帰宅するとお風呂の読書タイム！　本を読み涙を流し、浄化しながら本でエネルギーチャージ。

すべてを片づけて、母の引越しも済ませて、母が望んでいた箱根への温泉旅行に、私の運転で母1人娘1人で行った。
旅先では、母が体調を崩して嘔吐してしまったり、漏らしてしまったりすることもあったが、私は一切穏やかなままに対応できた。
1泊2日の旅だったが、母が帰り際、車の中で
「今まで生きてきて、最高に楽しい旅だった。明日死んでしまっても悔いはな

いくらい。本当にありがとう」

と言われたときは、涙が止まらなくなった。母も目を潤ませていた。

その日から、何が起きても母が私を罵倒したり、威嚇したりすることが全くなくなった。

母は、妹である叔母たちに対しても感情を剥き出しにするところがあった。感情的に常にぎりぎりだった。イライラ状態の母に、私はなかなかなつくことができず、その分、私は母の妹である２人の叔母になついていた。２人の叔母たちには子どもがいなかったため、私のことをいつもいつも気遣って、かわいがってくれた。母といることよりも叔母たちといることを強く望む、幼い私に対するイライラと寂しさ。そして、叔母たちになつく私を見て、叔母たちに嫉妬することもあったのかもしれない。子どもだった私には、そんな母の寂しさが理解できていなかった。

私に対する怒りが消えると同時に、叔母たちに対しても、母の感情は変化していった。

私には母が3人いる、生み育ててくれた母と、支えてくれた叔母たち2人。

私が母を愛しているということが母に伝わったとき、「母は仏に変わった」。

あのとき、先輩に言われた言葉の意味がわかった瞬間だった。

今まで言われたことのない、優しいねぎらいの言葉が、母の口から聞けるようになって……、こんな優しいことを言ってくれる人だったのかと何度も目頭が熱くなった。


かつて尊敬していた会社の先輩に言われた、

「お母さんを仏にするのはアンタだよ‼」

という言葉の意味が、20年以上経ってやっと理解できたのだった。

私はがんで右胸を全摘したが、右胸にがんができるというのは、母親との関係性が大きく響いているということを、がんになって学び、がんからのメッセージを受け取ることができた。

それは、今ある自分を受け入れて、自分を責めることをやめる。そして自分を変えていけばいいんだよ！　ただそれだけ、というメッセージ。

54年間生きて母との関係性をようやく解決することができた。

それは、ただ母を許すこと、そして愛おしく感じるということだけだった。

それができるようになったとき、自然と私は自分自身も許し慈しむことができるようになっていった。

両親の夫婦仲が悪く、毎日が源平合戦のまっただ中で、いつの間にか私は、自分がいなければこんな喧嘩は起きないのだ、と思い込んでいたのかもしれない。

それが、自分を許せたとき、本当の意味で母のことも父のことも許せるようになったのだと思う。


その後、私は自宅で料理を教え始める傍ら、心理学を学び始めた。

ひすいこたろうさんの作品に助けられた私は、ひすいさんの愛弟子という方の講演会に興味を持って参加した。1泊2日のイベントだった。

そこで何と本物のひすいこたろうさんにもお目にかかり、お話することができた。

そのとき、宿泊した同室の女性から、初めて、「心理学の衛藤信之先生って知ってる?」と聞かれた。「面白い先生の講義だから一回行くといいよ。ひすいさんもその先生の心理学の学校を出てるんだよ」と言われた。

もともと心理学は好きで、アドラーやフロイトを読みかじったことはあったが、難しい学問という印象が拭えず、少し躊躇した。

しかし、その後合宿中に、数人から同じように衛藤先生の授業を勧められた。中には、体験講座のフリーチケットをくれた方もいた。私は衛藤先生が開いている日本メンタルヘルス協会という学校の門をくぐることにした。

そこで私は、感情との付き合い方、脳との付き合い方を初めて学んだ。

衛藤先生の授業は、面白く楽しくわかりやすく、心理学の世界を理解させてくれるものだった。

面白いのかと思えば涙も誘う！　衛藤劇場といわれる先生の世界観は、とても興味深いものだった。衛藤先生もまた人生のたくさんの荒波をくぐりながら、人々に平和をもたらす虹の戦士として生きていらっしゃる方だった。

初めの頃は心理学が楽しくて、心理学を知れば知るほど、私の興味は料理から心理学へと移行していった。

私は、衛藤先生のもとで心理学を学び、プロコースへ行ってカウンセラーの資格を取りたいと思った。そして、その授業が始まった。

こんなこともあった。合宿を楽しみにしていた私が、「コロナ禍で中止になり、残念だ」と衛藤先生の授業中口にしてしまったことがあった。

でも、当時コロナ禍で一番大変な思いをしていたのは、衛藤先生だった。そんなことを考える余裕もなかった私は、先生から「もう少し自分のことだけでなく、周囲に目を凝らしなさい」と言われたことがあった。

また、自分がまだ人に対して上手に私メッセージ（相手を責める形のメッセージでなく、私が何を望むかを上手く相手に伝える手法）を使いこなせなかった頃、愛を持って相手と接することの大切さを学ばせていただいた。

卒業のときに、先生に「このクラスで一番成長したね」とかけられた言葉は、私の宝物となった。

第六章

# 今の私へ、変わり続ける私へ

2021年7月〜

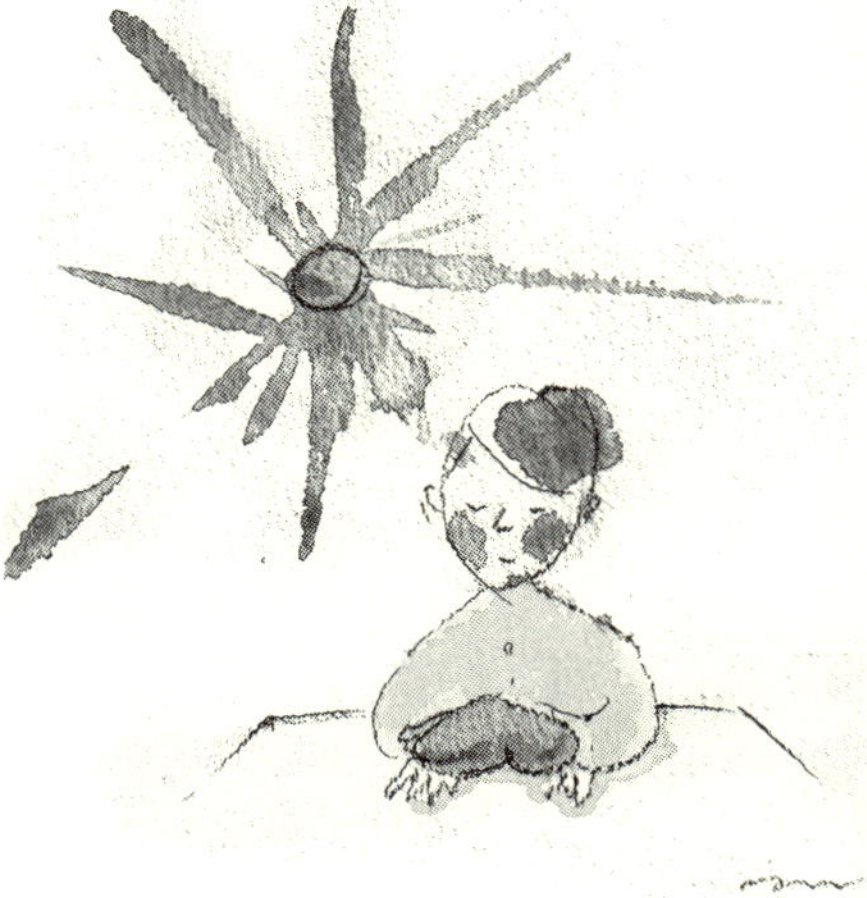

日本メンタルヘルス協会のプロコースを卒業し、カウンセラーの資格が取れた頃、がんから復活して元気になった体験をＳＮＳで配信してほしいと言われ、ＳＮＳの配信をぼちぼち始めた。

すると、我が家にＳＮＳの視聴者の方が時折、訪ねてくるようになった。

中には、「お金を払うから、ヒサヨさんが元気になった方法と料理を自分に教えてほしい」という声も上がってきた。

その頃の私には、料理の資格と心理学の知識、そして自分が病を克服した経験以外何もなかった。

たまに、畑と連動して収穫ランチ会を催したり、頼まれると料理教室を開いたりしていた。

料理教室のコーチの資格は取ったものの、小麦粉を摂ると体調が悪くなることを感じて、グルテンをやめてみた。すると、花粉の症状や湿疹などのアレルギー症状がなくなったため、料理教育のコーチとしてではなく、雑穀料理の教室としてぼちぼちＳＮＳで配信をしていた。

そして、相談者が１人、また１人と増えていった。

ＳＮＳを通してたくさんの人と出会い、相談を受けるようになっていった。

その途中で、亡くなる方を見送る体験もあった。

悔しくて、悔しくて、どうしたら救えたのか悩んでいたところ、ＮＬＰという脳科学の学びに出会い、そこから新たなカウンセリングの手法にも出会っていった。

今、ＳＮＳを配信しながら、たくさんの方々に元気になるコツをお伝えしている。マンツーマンサポートをさせていただく方の中には、がんによる痛みが和らいだ方、症状が劇的に良くなる方や、悪性の腫瘍が良性に変わる人も現れた。

中には、ＳＮＳを見ながら実践しただけで、５センチあった腫瘍が半年後ＣＴで確認できない大きさに変わってしまった方まで出ている。がんうつから解放されて、夢に向かって歩む方、不思議な奇跡を見せてくれる方も現れた。

思考がいかに大切か。

脳を上手に使えると病を克服できる。

数百人に上るクライアントさんの相談に乗ることで、いろいろなことを感じ、私自身も多くのことを気づかせてもらった。

そのことがさらにまたいろいろな出会いと自分自身の経験によってさらに明確になっていった。

私がイライラしなくなった頃、毎日のように次男にお試しを食らった。

どうやら昔の私なら怒りそうなことを、本当に怒らなくなったのか試すために毎日いろいろやらかす次男。そんな次男に一向に怒る気配のない私。１か月してお試しが終了する頃、夕食時次男に言われた。

「本当に怒らないんだね」

「だって怒っていたら自分の体に悪いって気がついたんだもん」

そう話す私に、

「昔は、ティラノサウルスみたいだったよね～」

という次男……。

「え～～肉食獣じゃん、そんなに怖かった？」

そう聞く私に、夫や長男も大きくうなずく。

「昔がティラノサウルスなら、今は何？」

と聞いた私に次男が答えた。

「小鳥のさえずりかな～～」

「肉食獣が、小鳥のさえずりなんだ、～～～マジか!?」

家族４人で大笑いした。

食事を作らねばならない、家事をしなければならない、良い妻にならなければならない、良い嫁にならなければならない。そう思っていた頃、私は何一つできなかった。

最近では1人で遠方に出かけることも増え、自室にいてもカウンセリングの電話でお昼になっても仕事が終わらないこともあるが、気づくと次男や夫がランチを作ってくれている。頑張ることをやめた私は、できることはできる人にお願いすることに抵抗がなくなった。

頑固にこうしなければならないと、肩ひじを張って生きることもやめた。

我慢する癖もどんどん手放している。

できないこともあるが、失敗したとしてもそれを許せる自分に変わった。

【頑固・頑張る・我慢】を自分の中から手放して、どんどん生きることが楽になっている私に、もう悪霊がささやくことはない。

笑顔と感謝と幸せを見つけて、今を生きることが大切になった。

すると、周囲のみんなも幸せそうな顔に変わっている。

周りを変えることは難しい。しかし、自分を変えることは、コツさえつかめば簡単だ。

呼吸を整え、感謝できることに目を向けて、自分を整えて、楽しい未来を目指して、今を大切に生きるようになったとき、がんはその役目を終えたかのように、私のもとを訪れなくなった。

あなたもあなたの心が喜ぶ生き方ができるようになってくれたらいいと思う。たとえ最初は自分の望みが見えなくなっていたとしても、あなたも必ず変わることができるから。

私に起こったことは、視点を変えることができれば誰にでも起こることだと思うから。

# おわりに

## ～がんからもらった贈り物～

がんになったとき、人は一旦、自分の目の前が真っ暗になる。
そして、そこから目を背けて、治療からも逃げてしまう人。
病院に駆け込み、すべてを医者に任せ切ってしまう人。
自分と向き合える人。
薬に頼らず、自分で何とかしようとする人。
自分の闇に応じていろいろなことが起こってくる。
そんなとき、どんなふうに自分の人生を振り返ることができるだろう。
中には当然、人生を振り返るなんてそんな面倒くさいことするくらいなら、終わりでいいよこの人生！　そう思う方もいるかもしれない。

でもね、ちょっと待って！　本当にあなたの人生このタイミングで、以上終了でいいんですか？

私は、乳がん摘出手術後、退院して家に帰り、お風呂に入って初めて自分の胸の傷を見たとき、とてつもない後悔と懺悔の思いが自分の中に湧き上がった。

そしてこのまま人生を終わらせるのは違うと思った。

片方だけになってしまった胸……その不自然な体を見つめ涙が流れてくる中で、私は、この傷を誰かの羅針盤にしたいと心から思った。

自分の体がこんなふうになるまで私は自分の人生を変えることができず、周りに甘えて生きてきた。これからは今までとは違う人生を生きていきたい。

まだ間に合うのなら、誰かのためにこの命を使える私になりたい。

そんなことを思っていた。

がんになって10年経った。

犬猿の仲だった姑とも、実の親子に間違えられるほど仲良くできるようになった（昨年88歳で他界。朝までご飯を普通に作っていて、その日の晩に急変し、明くる日に亡くなった）。

すると不思議なもので、嫌だと思っていた女性同士の人間関係も苦痛に思うことがなくなって、人間関係の悩みが激減した。

お金も、必要なタイミングでいつも必要な分が与えられるようになった。

また、以前からやりたかったバンドのボーカルをすることになり、夫と2人でステージに立った。

今は、料理コーチを卒業して、ノンシュガー&グルテンフリーの甘酒や雑穀、新鮮野菜を使った食事やアイスクリーム、プリン、ケーキなどを作って、自宅でネットを使って料理を教えている。

天国言葉を唱えたり、素敵な言葉を探したり、寝る前に必ずその日良かったことを3つ思い浮かべたりできるようになった。

長男の発作もここ数年起こることはなく、社会人となって介護の仕事をしている彼は穏やかで優しい息子に。次男も今年から社会人として新しいスタートを切った。

がんがくれた最大のギフト、それは母との和解と穏やかな心、そして幸せに感謝できるようになった心だった。穏やかな幸せの日々が、私のもとにようやくやってきて、生きていることが嬉しく、感謝できる日々。

私ががんになる前に他界してしまった父には、毎日水とお線香をあげて、お花や供物を供え、命をいただけたことや免許を取らせてくれたこと、車を買ってくれたことなどを感謝して手を合わせている。

最後は借金まみれで亡くなった父の葬儀は、寂しいものだった。私よりも2番目の妻の連れ子の娘を溺愛しているように思えた父だった。何度父に棄てられても、私は父が大好きだった。縁の薄い親子だった。

でも、私は父に似ている。私が文章を書くことが苦にならないところは、どうやら父親譲りのようだ。父は若い頃小さな新聞社に勤めていたこともあった。いろいろなことに挑戦しようとするところも、好奇心旺盛なところも、話好きなところも父によく似ている。
今考えると、あの父からいただいたものは、たくさんあった、父は父の人生を彼なりに一生懸命生きてきたのだと今は思うことができる。そして、いつも空から見守っていてくれるのを感じる。

どんな環境に生まれたとしても、どんな逆境に置かれたとしても、人はそれを乗り越えようと本気で決めたとき、必ず天が味方してくれる。

だから何があっても、あなたの人生をあなただけは見捨てないでほしい。

今ならわかる！
がんになる前の私は、自分の本音に向き合うことができなかった。

いつも、いつも逃げ出していた。
私は、本当はどうなりたいのか？　何をしたいのか？　ずっとわからないまだった。

今は自分の本音に向き合って生きている。
人はこのことばかり気にして、自分を見失うと迷子になってしまう。

誰かの妻である前に、誰かの母である前に、誰かの娘である前に、
あなたはあなたなのだ！
あなたはあなたの人生を生きる自由がある。

自分と向き合い、自分を大切にし、自分を愛して、優しく対話していくこと

ができたなら、真っ暗に見えるその人生に必ず一筋の光が見えてくる。
少しずつ明るくなっていく夜明けのように。

あなたなら必ずできる!!
あなたを変えることができるのはあなただけ！

そしてその先に必ずあなただけの幸せがやってくるのだから。

恐れないで、不安がらないで、大丈夫！
心配より感謝を。
罪悪感より自己愛を。

あなたを変えられるのは、あなただけ。
そしてあなたが本当に変わると、見える景色が変わっていく。

がんは、緩やかな自殺といわれている。
もう、この肉体とおさらばで、いいのかな～～。
こんな人生いつまでも続けていても仕方ない？

あなたは本当はどうしたいですか？

この本中のストーリーは、奇跡でも何でもありません。

ただ愚直にやるか！　やるか！

あなたならきっと変われるはず！

この本の出版にあたり、お力添えいただいた皆様に心から感謝します。
幻冬舎ルネッサンスの田中大晶様、上島秀幸様、絵を描いてくれた中学からの親友・蓮実万葉様。帯を書いてくださった恩師衛藤信之先生。
本に対しての、いろいろな気づきをくれたクライアントの尾崎里美様、私の愛すべき母・坂戸早智子様、大好きな叔母・加藤恵子様、熊谷世津子様、そして私の夫・清水誠市様、またビジネス上のアドバイスをくださった三平様、クライアントさんやデザイナーの智ちゃん、ＳＮＳの編集収録スタッフの高橋君、サポートスタッフの土屋さん、ＳＥの山道さん、気功の新屋先生、支えてくれた息子たち、本当にたくさんの方々に日々支えられたから、長年の夢であった本をようやく出版することができました。

本当にありがとうございました。

そして最後に、本書をお読みくださった貴方様に深く感謝いたします。ありがとうございました。

巻末付録

# クライアントさんの変化と体験

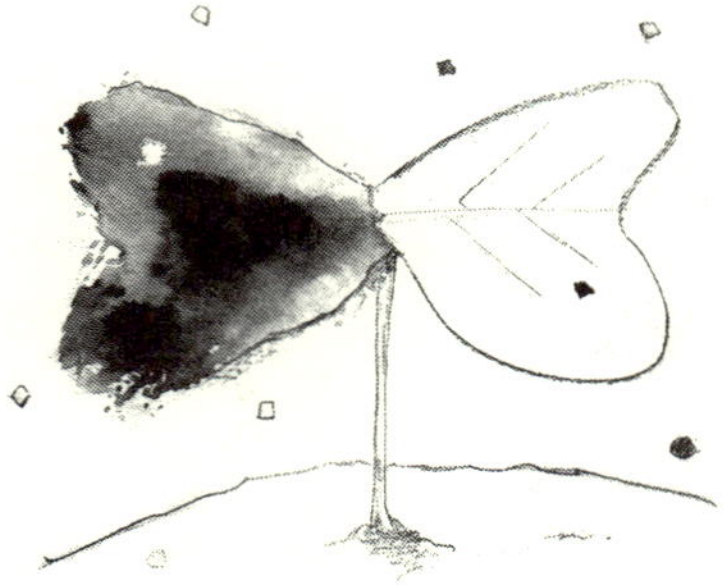

まず1人目は、男性のクライアントさんで、その方が書いてくださった体験談をご紹介します。


私は九州在住55歳の男性で、前立腺がん経験者のあきおと申します。

毎年会社の健康診断を受けており、その際に毎回PSA（前立腺腫瘍マーカー）の検査も受けていました。

2022年2月の健康診断で、PSAの数値が4・23（正常値は4以下）と若干高く、要精密検査との結果が出ました。

その結果を受け取ったときは全く気にも留めず、「ほぼ正常値だから問題ないか……」程度の考えでしたが、2か月に1度、かかりつけのクリニックで血液検査を受けていたので、4月の検査の際に念のためPSA検査を依頼しました。このとき「今回は正常値に戻っているだろう」と安易に考えていましたが、結果は4・84とさらに高くなっていたのです。

その結果を受けてすぐに泌尿器科を紹介していただき、その足で受診。その泌尿器科の初診でエコー検査を受けたあと、「念のためにMRI検査をしてスッキリさせましょう」と言われ、勧められるがまま検査を受けました。そこで、「怪しい影があるのではっきりさせるために針生検をしましょう」と言われましたが、5月に娘の結婚式を控えていたのでそれが終わってからとお願いし、5月下旬に1泊2日の入院で検査を受けました。1週間ほどして結果を聞きに行くと予想もしなかった言葉を耳にしたのです。

「残念ながら12本の針検査のうち3本からがん細胞が見つかりました。しかもそのうちの1本はグリソンスコア4＋4の高リスクのがんです。70代以上の罹患者が多いのですが50代でかかるとはお気の毒です。すぐに手術で前立腺ごとがん細胞を摘出することを勧めます」と言われました。

針生検を受けた段階で自分なりに情報収集をしていたので、再発のリスクについては知っていました。そのときは、現役で仕事をしている関係で術後の尿漏れなどQOL（生活の質）を低下させたくないと考え、その場は「少し考えさせてください」と言って一旦家に帰りました。

家に帰って家族に話すと、相当ショックを受けたようでした。1週間で治療方針を決めなければならなかったので、さらに情報収集に励みました。佐賀県鳥栖市にあるサガハイマットで重粒子線治療を受けるか、京都で密封小線源治療を受けるか、この二択で迷いましたが、京都まで通う決心をしました。

紹介状を書いてもらう必要があるので、医師に京都まで通うことを伝えると

「京都まで治療に通うなんていったい何を考えているんですか？　京都で治療を受けたあとにまたそっちでお願いしますとか言われても、うちは知らないよ」とかなり酷い口調で暴言を吐かれましたが「自分の命なので治療については自分で決めます」と言い、紹介状をお願いし、病院をあとにしました。

主治医に啖呵を切ったまではよかったのですが、それから京都での初診まで約1か月ほど期間が空いてしまい、病気に対する不安が日に日に増していきました。毎日毎日暇さえあればインターネットで調べ物をするようになり、「何で自分はがんになってしまったんだろう。これまでの生活の何がいけなかったんだろう。自分でがんを治す方法はないのだろうか？」などと検索をしていました。

そしてたどり着いたのが、

・食生活を改めよう。

・毎日ラドン温泉に入ろう。
・お酒をやめよう。
・毎朝人参リンゴジュースを搾って飲もう。
・よもぎの青汁を飲もう。
・びわの葉お灸をしよう。
・主食を玄米食に替えよう。

など。その後、それまでの生活を大きく変えていきました。

また、自分の知り合いに漢方の病院を開業されている先生がいらっしゃるので、がんのことを相談して煎じ薬を毎日飲むようにしました。

そして7月、いよいよ京都の病院で初診を受ける日になり、九州から新幹線と在来線を乗り継いで行きました。主治医に今後の予定を聞くと、「8月に再度針生検を行い、治療開始は早くて年内」とのこと。

それを聞いた瞬間、「治療をそんなに先延ばしにして大丈夫なのかな」とめちゃくちゃ不安になり、その頃から日常的に焦燥感に襲われるようになりました。日によっては仕事へも行けないこともあったのです。

とにかく治療まで半年ほど期間が空くなら、自分でできることは何でもして、がんの進行を少しでも遅らせようと調べていくうちに『ヒサヨ母ちゃんの健康腸活キッチン』と出会ったのです。

そのときの動画では、ヒサヨさんが和装で自らの乳がん闘病を話されていた記憶があります。すぐにチャンネル登録を済ませて、時間を見つけてはヒサヨ母ちゃんのがん攻略チャンネルを見るようになりました。そして腸活カウンセラーをされていることを知り、LINE登録をして連絡を取り、藁をもつかむ思いでヒサヨ母ちゃんの腸活カウンセリングを受けようと決めました。2022年9月から半年間のカリキュラムで腸活カウンセリングがスタート。私の場合、九州からの参加なので、リモートでの受講を希望しました。

もともとヒサヨ母ちゃんのＹｏｕＴｕｂｅを視聴していたので、ヒサヨさんのテンションは大体わかっていましたが、初めてモニターに映ったヒサヨさんが両手を大きく振りながら、めちゃくちゃ明るい声で「こんにちはー、ヒサヨ母ちゃんでーす」と挨拶されたのが今でも印象に残っています。

第1回目のカウンセリングは、いくつかの質問事項に答えるアンケートや食事の記録から排便の状態、人生の棚卸など事前に出される宿題を提出してからスタートしました。カウンセリングを受け始めた頃の私は、かなり精神的に疲弊して、一睡もできない日が3日も続き、とうとうダウンしてしまいました。

この頃、ヒサヨさんのカウンセリングは受けたくないという気持ちが強くなっていましたが、「ほんの少しでもいいのでお話ししましょう」と言ってもらったことで少しずつ話ができるようになっていきました。

京都の病院への通院は1か月に1度のペースでスタート。そこでのPSA検査は3・5と少し数値が改善しており、針生検の結果もグリソンスコア4+3の中リスクと診断され、自分でできることをやってきたことの結果が出始めたんじゃないかなという思いでした。ただ、独学で玄米菜食中心の食事を摂り、お菓子などの糖類も全く食べない日々が続いていたので、体重がどんどん減りがんが見つかってから2〜3か月で12キロほど痩せてしまいました。周囲の人もあの痩せ方は絶対がんで、もう長くはないんだろうと言っていたそうです。

病院での検査結果は少し改善していたものの治療まではまだ数か月待たなくてはなりませんでした。毎日その不安に押しつぶされそうになりながら、それでもヒサヨさんのカウンセリングを受けると元気を取り戻せていました。

ヒサヨさんのカウンセリングでは、今まで全く気づいていなかった自分の癖や性格などもわかりやすく教えてもらうことができました。私の場合は「〜でなければならない、～しなければならない」など、自分はこうでなければならないとの思い込みが強すぎて、自分で自分を追い詰めているということが一番大きかったようです。

自分でもストイックな性格かもしれないとは思っていましたが、改めてそういう性格に気づかせてもらいました。

もっと楽に生きましょう。

「適当」が一番です。

適当っていい加減な感じに思うかもしれないけれど、そうではなくて「ちょうどいいこと」なんですよ、と教えてもらいました。

また、料理教室も毎回楽しみで、同じ雑穀ご飯や菜食でも工夫次第で肉や魚の食感を味わうことができ、そして美味しいデザートの作り方も教えていただき、食事が楽しみになっていきました。

半年間のカウンセリングでしたが、私の人生にとって本当に大きな発見や気づきをさせてもらったことに、とても感謝しています。

昨年11月には無事に治療も終わり、食事制限を少し緩めて鶏肉などは食べられるようになったので、体重も徐々に正常に戻りつつあります。

また、仕事への姿勢も本当に良い意味で「適当」になり、以前よりもストレスを感じることが少なくなりました。現在は週末を活用して次の仕事の準備(独立)を進めておりますので、休みはなくても毎日が楽しくて仕方ありません。

あの日『ヒサヨ母ちゃんの健康腸活キッチン』に出会っていなかったら自分は今どんな状態だったのだろうと考えることがあります。

半年間のカウンセリングを受けさせていただいたこと、そして何よりヒサヨ母ちゃんに出会えたことに、心から感謝しております。本当にお世話になりました。

あきおさんは、数少ない男性のクライアントさんですが、本当に元気になられました。

今は、あきおさんがインスタグラムに上げる農園の畑情報が楽しみの一つです。早く美味しい葡萄と無花果ができないかと心待ちにしています。体験談の掲載を了解していただき、感謝です。

次のクライアントさんの体験談です。

２人目の体験談は、乳がんの女性、再発、転移で不安の中、私に連絡を取ってこられた、埼玉県在住の京子さんです。

昨年の１月、個別カウンセリングにお申込みいただき、お話しさせていただきました。

乳がんからの骨転移と医者に言われて、湿布を背中に貼っているため、予備の湿布を持たないと外出できない、と最初に話していた京子さんは、初回のカウンセリングで、かなり問題点が明確になりました。そこをセッションで手放すことにより、１回のカウンセリングで大きな変化を出されたクライアントさんでした。

１人っ子である彼女には、良い娘でなければならないという強い信じ込みと思い込みがありました。

がんと言われ、転移を宣告されているにもかかわらず、お母様の面倒を一生懸命見ようとしていました。

カウンセリングの中で、自分を犠牲にして親に尽くそうとしていたことに気づいた彼女は、少し体に楽をさせること、そして義務感でなくあふれる愛情からできる範囲でのサポートに切り替え、介護のサポートを受けることを決めました。

そして痛みに対する恐れにも気づき、ご自身の意思によって痛みをコントロールできると知り、カウンセリングの翌日から3か月以上手放せなかった湿布を手放しました。そしてお風呂に生姜を入れたりしながら、体をケアする方法で痛みを上手にコントロールできるようになっていきました。

もともと、いろいろな勉強をされている方で、私の個別カウンセリングを受けた段階で、いくらかかっても私のカウンセリングサポートを受けることを決めていたところも、結果が早く出たことにつながっているのかもしれません。

その後も、私の情報を上手に活用しながら、薬をやめ、医者にかかることもやめて、ご自身の心で体をコントロールしていますが、それがどんどん上手になっています。

もともと、パーソナルトレーナーという体のことに関するお仕事をされていたこともあるかもしれませんが、やはり自分で自分の体に責任を持つという感覚がしっかりしていたように思います。

余談ですが、京子さんは願望実現も徐々に上手くなり、私のカウンセリングが始まってしばらくして、私に払ったカウンセリング料金がまるまる戻ってくるという、お金を引き寄せる体験をしたそうです。体の循環、お金の循環を潤滑にさせることも上手になっていきました。

カウンセラーとしての学びも終え、今はご自身の夢に向かって日々充実した時間を過ごされています。

３人目は、私に感動を与えてくれた光加（テルカ）ちゃんのお話です。

光加（テルカ）ちゃんと最初に個別でお話ししたときの印象は、とてもかわいい頑張り屋さんというものでした。

乳がんになってから、すでに2回の再発を繰り返し、今回が３回目。

自分は治らないのか？　と不安と心配の中で、初回のセッションを受けられました。自分には頑張りすぎるところがあり、若さもあって、無理をしてしまう。

そして、自分のことを後回しにしてしまう癖を持っていました。

また、めちゃくちゃかわいいのに、自分がかわいいことを認めてあげていない。それはすべて過去の体験から来ていました。

セッションの中で一つひとつその思い込みを外していくと、心が軽くなって、首にあったしこりが消えたと嬉しい連絡をくれました。このときは、どんどん良くなっていました。

体の循環が良くなった頃、お金の巡りも良くなり、私のセッション代金分がまるまる仕事で降ってくるようなこともあったようです。

しかし、ここから光加（テルカ）ちゃんにとってのお試しが始まりました。会社で認められ、役職に就いた途端に、その過酷な人間関係のゆがみが始まったのです。

話を聞けば聞くほど、仕事を続けていることが彼女の体に大きなストレスダメージを与えているのではないかと思えてきました。消えたはずのしこりが戻り、体調が悪くなっていく彼女。セッションしても、なかなか彼女の心のタガが外れない。彼女は負けじ魂が強く、その職場を辞めることは、負けを認めることでできずにいました。

そんな矢先、がんが背骨に飛び、骨を折ってしまい、激痛で緊急入院と連絡が来たときは、私も肝を冷やしました。

しかし、その連絡の際に、自分が我を捨てられずにこの現実を招いたことを知り、仕事を辞め体を治すことに専念することを決めたと教えてくれました。そして、入院中週1でセッションしてほしいと連絡がありました。何とか時間をやりくりして、私も時間を作って彼女の心を整えるお手伝いをし続けました。

入院から2度目のセッションでは、心がずいぶん穏やかになり、落ち着いてきたこと、体のエネルギーが戻り始めていることがわかりました。気功を同時並行で受けてもらったりしながら、彼女の体はどんどん良くなっているようでした。

ちょうどその頃、大阪での収録とランチ講演会の企画があったので、埼玉から新幹線で途中の駅だということもあり、お見舞いに行こうかと提案すると、彼女は驚きの一言を発したのです。

そのときの彼女は、背骨の骨折のため、寝たきりで上しか見られない状態。トイレすら行けないような状況でした。それが、約1か月後のランチ講演会の話を聞いて、「ヒサヨさん私、その日までに退院して、ランチ講演会に参加します」というのです。

医者から退院の見込みを立ててもらえない寝たきりの状況の中で、彼女は私に会うことを目的に、一緒にたこ焼きを食べることを目的に、退院できる体になることを決めてしまったのです。医療関係者からネガティブなことを言われても、病院で他の患者のどんな状態を見ても、私は大丈夫！　そう自分に言い聞かせながら、彼女は自分の心をコントロールすること、目標をイメージすることに必死でした。

ぎりぎりまで返事は待つ、と言って私は彼女のサポートをしながら見守り続けました。

私が祈りを込めて、バンジージャンプで110メートル飛んだのもその頃でした。

ランチ講演会開催の4日前のZoomセッションで、彼女の向きがいつもと違うことに私は驚きを隠せませんでした。

彼女は満面の笑みで

「ヒサヨさん、私もう動けるようになりました。退院が明日に決まったので、来週火曜日の大阪の講演会に行かれます」

と驚きの報告をしてくれたのです。

そして、翌週の大阪のランチ講演会に、車椅子で満面の笑みをたたえて私の前に現れた彼女を見て、私の心は感動で震えました。

たくさんの不安と心配に打ち勝って、彼女は目標を達成し、大阪に来てくれたのです。

入院中のセッションで、何度も何度も恐れを手放すワークをした彼女は、最高の笑顔でその場にいました。それは、彼女がそうなると決めたからできたことでした。

そして彼女は、次の私のライブ講演会で、スキップして登壇し感動的な体験談を話してくれました。今は自分でぬか漬けや小豆カボチャ、クッキーを焼きながら元気に暮らしています。

カウンセラーになる道を学びながら成長の階段を昇り続けています。

4人目の体験は、オーストラリアの乳がんの女性、一番早く変化された陽子さんの話です。

誰しもみな同じですが、私のところに初めて個別カウンセリングを受けられた彼女はとても暗い表情をされていました。海を越えたオーストラリアからの相談でした。

数週間前に、右胸全摘出した後もまだ体がふらついていて、ドクターからは抗がん剤を勧められていました。がんが怖い、抗がん剤をしたら死んでしまうんじゃないか？　でもやらなかったら本当に再発するのか？　恐れの中で、本当は太陽のように明るいはずの彼女が震えていました。

私は、言いました。

「大丈夫、あなたがどうしたいかですべては変わるから」

初回のセッションで、彼女は私の勧める本を日本から取り寄せ、学び始めていました。その行動力に私は驚きました。

毎回のセッションで、彼女はどんどん自分の問題点に気付いていかれました。なぜ自分が日本を離れたのか、オーストラリアで結婚し、母となり、生きてきたわけ、自分の中の偽りと真実。親への思い、夫や子どもたちとのかかわり。そして、罪悪感と負けず嫌いな性格。

3か月サポートが終わると、すぐ来日し、我が家を訪ねてきてくれました。たった3か月のセッションの中で、胸を失った痛みを乗り越えて、彼女は本来の明るさを取り戻していきました。

つまずいては向き合い、またこけて、それでも陽子さんはあきらめることなく、自分らしく、本当の自分を手に入れるために向き合い続けました。

自分の体を愛しむこと、周りを大切にすること、ありのままの自分を受け入れることがどんどん上手になっていきました。

ホルモン療法も手放して、自分の体調を排便で判断できるようになって、今まで見せてこなかった本当の自分、ありのままの自分でいることを受け入れ、夫婦関係は再始動。自分らしく、しなやかで、明るく賢い本来の彼女の姿を取り戻していかれています。

会うたびに魅力を増す陽子さんです。

そして、今の人は悩みに耳を傾ける立場になってきました。


その他、ＹｏｕＴｕｂｅの対談動画に出てくださった、あゆみさん、原田さん、それぞれにドラマがありました。

彼女たちに共通していたのは、自分を犠牲にして、家族のため、子どものため、夫のために、はたまた親のために生きて、いつの間にか自分を置き去りにしてしまった心優しい女性だということでした。

人は誰しも、生まれたときにこうなりたい、こんなふうに人生を楽しみたいと思ってこの世に生を受けます。

しかし、いい人たちは、ついつい自分を犠牲にして生きてしまうのです。

がんは、そのことを教えるために、私たちのもとにやってきました。

「もしもし！　あなたの生き方本当にそれでいいのですか？　何か間違っていませんか？」

良き母、良き妻、良き娘、良き嫁、そして世間体……。

それはそんなに大事なことですか？　その状態を続けていて、あなたは肉体を脱ぐときに、

「あ〜〜やり切った！　この人生面白かったな〜わが人生悔いなし！」

そう言って、この世とおさらばできますか？

あなたの人生は、本当にそれでいいのですか？

あなたはあなたのために生きることができていますか？

あなたらしい人生を生きていかれることを切に祈ります。

〈著者紹介〉
**清水ヒサヨ**（しみず ひさよ）
サンリメイクヘルス代表　カウンセラー
1965年大阪生まれ、東京YMCA卒業後、いくつかの職業を経て、資格試験の学校に勤務。伊藤真の司法試験塾のオープニングスタッフを経て、和光市に代々続く農家の跡取りと結婚。2人の息子に恵まれる。小学校のPTA副会長の任期終了と同時に、50歳で乳がん発病。全摘手術の際、手術ミスで医療を使わずに治すことを決断する。自然療法、食事療法と出会い、心理学を取得し、がんを寛解。現在、YouTube、Instagram、Xなどで情報配信しながら、講演会も開催しつつ、NLPや心理療法を使って、のべ数百人以上の方々のカウンセリングを行う。

ティラノサウルスから小鳥《ことり》へ
～がんになって人生《じんせい》を変《か》えた
ヒサヨ母《かあ》ちゃんの再生《さいせい》～

2025年3月16日　第1刷発行

著　者　　清水ヒサヨ
発行人　　久保田貴幸

発行元　　株式会社 幻冬舎メディアコンサルティング
〒151-0051　東京都渋谷区千駄ヶ谷4-9-7
電話　03-5411-6440（編集）

発売元　　株式会社 幻冬舎
〒151-0051　東京都渋谷区千駄ヶ谷4-9-7
電話　03-5411-6222（営業）

印刷・製本　中央精版印刷株式会社
装　丁　　弓田和則

検印廃止

Printed in Japan
ISBN 978-4-344-69231-2 C0095
幻冬舎メディアコンサルティングＨＰ
https://www.gentosha-mc.com/